# 女地质队员

李曼 / 著

北京日报出版社

**图书在版编目（CIP）数据**

女地质队员 / 李曼著. -- 北京 : 北京日报出版社,
2025. 6. -- ISBN 978-7-5477-4927-2

Ⅰ. I267

中国国家版本馆CIP数据核字第20258CD440号

**女地质队员**

出 版 发 行：北京日报出版社

地　　　址：北京市东城区东单三条8-16号东方广场东配楼四层

邮　　　编：100005

电　　　话：发行部：（010）65255876

　　　　　　总编室：（010）65252135

印　　　刷：三河市中晟雅豪印务有限公司

经　　　销：各地新华书店

版　　　次：2025年6月第1版

　　　　　　2025年6月第1次印刷

开　　　本：710毫米 × 1000毫米　1/16

印　　　张：13.5

字　　　数：118千字

定　　　价：66.00元

# 目 录

# 地质和文学是生命中最美好的相遇

## 一

离县城约十五公里，有个名不见经传的小地方，那有一处高高的围墙大院，大概两米高的围墙将大院与外界分隔。围墙外是村舍、农田、山丘、河渠。围墙里有绿树、沙子路（或泥巴路）、水井、平房、菜地；有北京吉普，解放牌、东风牌大卡车。大院里住着来自全国各地、说着不同方言的人，有拿着地质锤、放大镜、指南针等穿工装的人。他们之中，有的来自农村，有的从部队转业，有的从大专院校毕业。他们，同在这个大院生活，成了同事，成了邻居。久而久之，因为他们，有了地质队专属的普通话。这些元素，便组成了20世纪五六十年代的地质大院，或称地质村。

那些穿工装的人，在地质大院待的时间却不长，一年三百六十五天，他们大概有两百多天在深山老林、大漠边关的无人区工作，被唤作"地质队员"，大家习惯地称他们的工作是"出野外"，他们工作的区域被称为"野外生产一线"。地质大院，系地质队员的大后方、后花园，住着他们的妻儿老小。

随着社会的进步、时代的发展，地质大院各项设施也逐步建立和完善，院内有了职工医务室、职工俱乐部、大礼堂、职工食堂、职工小卖部等等，特别让职工家属感到欣慰的是，地质队办起了自己的子弟学校。

地质大院是地质文化的实践地。白天，人们在地质大院勤奋工作；晚上或节假日，职工和家属则在篮球场和大礼堂（也兼顾电影院的功能）举办丰富多彩的文体活动。大院里绿树成荫，空气宜人，满足了人们衣食住行的基本需求，就像一个"独立王国"，外系统的人总是投来艳羡的目光。在附近村落的老乡看来，地质队的人就是让人仰视的"城里人"。用评论家谢轶群的话来说："闭塞单调的年代，地质队为基层生活带来了色彩，丰富了基层社会意识形态，也把城市文明传递到了乡村。"

在20世纪七八十年代，地质大院的人相比其他行业的从业者，生活较为优渥。而这份安逸的生活，则得益于在"野外生产一线"奔波劳作的地质队员。

我出生在这个大院，在这里生活了五十多年。即使有几年在外地，也一直做着与地质文化相关的工作。

刚参加工作那会儿，我也出过野外，参加了第一次土地资源详查工作，住的是乡下废弃的危房，喝的是村口刚刚开掘的浑浊的井水。虽然不足一年，但乡野的山路、毒蛇、危房、暴雨、枯井……却是我无法磨灭的印记，也为我的文学创作埋下了坚实的伏笔。

地质队员工作的区域，潜藏着诸多不确定的危险因素。那些原生态的自然环境，既恶劣亦神奇，充满刺激和挑战，更赋予了我们乐观、浪漫、诗意的地质情怀，是文学创作的富矿，是最天然的营养和素材，往往给予作家取之不尽、用之不竭的创作灵感。

最锻炼我、使我难忘的是十一年的宣传工作。那些年，我要经常深入野外一线采访，搜集地质工作者身上质朴、勤勉、严谨的特点，记录他们风趣、诙谐的另一面。我成了一名"讲地质人故事"的专职写作者。在完成宣传稿件之余，我坚持创作散文和随笔，发表了不少文学作品。

几十年的亲身经历以及耳闻目睹，我对"地质""地质大院"，是爱是忧，是喜是怒，无法进行简单的分割和判断。酸甜苦辣、个中滋味错综复杂地滋生、交织、蔓延成一种难以割舍的情愫，植入我的血脉，构成了我的生命。

地质和文学，是我生命中最美好的相遇。

记忆在时间轴上，不断地存储，也渐渐模糊甚至删除掉某些生锈的往事。在渐渐透彻的人生感悟中，人在衰老，无法阻挡地衰老。我站在有风的地方自语：风沙会卷走什么？留下什么？我将去哪儿？我又该做些什么？

四十多岁时，我滋生了想为地质大院写一本专集的欲望。大纲列好了，有部分半成品，书名也想好了，叫《地质村》。

那会儿，我在某地质队机关上班，白天有不少事务性的工作需要处理。工作做不完，加班加点到深夜是常事。因此，挤出时间坚持文学创作，已经很不容易。在短时间内有计划、有目标地去完成一本书的写作，需投入大量的精力，就当时的条件来说，显得那么不切实际，我只能挤出时间，碎片式记录。

身在职场，我做着许许多多与我有关和无关的事情。纵然是无关之事，我也不能断然说"不"。人活在世上，若有六七成的事情让自己满意、随自己的心愿，我认为就可以知足。再就是，有关和无关之间并非泾渭分明，它们纵横交错，你中有我，我中有你，可能都对我的工作有益，这个原因使我做不到斩钉截铁地做出"干"还是"不干"的简单抉择。毕竟，我需要凭借我的工作支撑我和我家人的生活。

我在一个安静的家庭中长大，习惯于在宁静环境中阅读、写作。但是，人是群居动物，即便一个人性格特别孤僻，也要与社会、与其他人接触，何况我并不孤僻。尽管现在退休在家，我也不能完全切断与外界的联系，不愿意做的事情，我依然不能果断拒绝。人上了年纪，见得多，想得多，顾虑也多了，性格变得更加柔软，很难不假思索地做到"断舍离"。再则，许多写作的素材来源于鸡毛蒜皮、家长里短的琐事。我可以做到睁一只眼闭一只眼、左耳进右耳出，但做不到将两只眼睛和耳朵全部关上。

人类营造了喧嚣、浮躁的世界，又口口声声想远离它，却又离不开它。人生路上的加加减减，令我无法独善其身。在有烟尘的空间，我被他人干扰，我也干扰他人，我排除不了与"干扰"的诸多关系。写作时，我的思路便很自然地时常被打断，加上我思维迟钝、写稿的速度较慢，《地质村》就这样搁浅了。

万事难定取舍。

2020年12月，我赴北京工作，担任中国自然资源作家协会的驻会作家，是中国地质大学（北京）（以下简称"北地"）首届驻校作家。终于成为一名职业作家，我欣喜地想，这会儿我可以潜心创作我的《地质村》了。

　　在自然资源作协秘书处，陈国栋主席时常会说起他在地质队的故事。

　　陈主席也是地质二代，对于70年代当钻工的岁月，他念念不忘。一次，我和陈主席交谈，说着说着，陈主席眼睛一亮，他对我说："你来写女钻工的故事吧！同时可以把从事地质、测绘、物探等工作的女性都写进去。女地质作家写女地质队员的故事，再恰当不过了！"

　　陈主席又说："当年女钻工的故事有特殊的历史背景。'女子三八钻'，是妇女同志血和泪的付出，不可复制，以后不会再发生了。要趁着她们还健在，让她们看见自己的故事变成了文字，变成了书籍。让她们知道，地质工作没有忘记她们，以此慰藉她们为地质事业奉献的青春。"陈主席嘱咐我抓紧时间采访，说这是一次"抢救性写作"。

　　陈主席这番话，让我的眼眶湿润了。

　　西北作家高勇在《峪口笔记》中说："时间并不只是要带走这些老人，随着他们紧锣密鼓地离开，时间还要带走存在的所有往事。"

此时，我也行走在"老"的路上。我需要做的，就是用文字挽留地质队某个时代的场景。我尚在酝酿的《地质村》，也有对地质队员的记录。这会儿继续搁置《地质村》，先为全国的女地质队员写专集故事，使命感和责任感在我的心头涌动。

二

"钻工""钻机""钻塔"这些词语，对于我并不陌生，它们与我有千丝万缕的联系。我所在的地质队，于20世纪60年代初建队时，便是以钻探为主业。

我本人虽没有打过钻，但我丈夫曾是一名钻探工人。我父亲是我们队的元老，虽然他不是一线职工，却一直做着与地质紧密相连的管理工作。父亲在物资供应管理科上班，经常下分队为钻机（机台）提供钻杆、钻头、轴承等设备及零部件，家里至今还保存着我父亲和他同事20世纪50年代在钻机前的合影。我母亲是地质队的家属，在家属连轧过钢粒。直到我写《女地质队员》，我才知道，钢粒钻进是一种钻进方法。

我从事宣传工作时下基层采访，多次目睹了浑身是泥浆和油渍的钻工在钻机的轰鸣声中作业的场景，这也令我对他们心存敬意。然而，每次采访都是当天往返，缺少深层次的了解，因此我留下的文字仅仅浮在表面。

地质队素材是我的衣食父母，是地质大院甘甜的井水、清新淡雅的空气滋养、哺育了我。我的呼吸、我的生命始终与"地质"息息相关。创作《女地质队员》，是一项任务，但我更想用这部作品报答地质队的养育之恩。

那段时间，山野、河床、沙漠……这些与地质工作紧密相连的区域，不断地在我的脑海里浮现，那是地质队员们用心耕耘的物质和精神家园。

一天，几名年轻人从江西某地质队来中国地质大学学习，其中有我认识的，他们约我一起聚聚。席间，有学生感慨地说："野外作业对于男同志来讲都特别消耗体力，不难想象，女地质队员要克服多少困难才能完成工作。"年轻人的话让我陷入沉思。

女地质队员，虽然是我熟悉的群体，然而为撰写好她们的故事，我还需要做大量的案头工作。

北地图书馆和中国地质博物馆同处一栋楼，一有空我便和大学生们一样，天不亮就去排队，等候进馆。我在地质博物馆一边写作，一边查找资料，但这远远不够。

俗话说，"百闻不如一见"，找到当年的女地质队员，面对面实地采访，才能挖掘出生动、感人的故事。

我绘制了一个采访图，试图从南到北，从西到东，跑遍全中国的地质队。可是，不少愿望仅仅只能是愿望，它们很难都实现。何况，当时处在新冠病毒感染期间，外出采访受到限制。即使能正常出行，跑遍国内一千多个地质队，至少也得花上五六年的时间，这太不切实际了。

我了解到，新中国成立初期国内就有女钻工，不过她们是零星地插入男子"青年号"机台，并没有单独作业。20世纪70年代中期，各地质队通过招工的方式，录用了一批新工人。那时，也恰逢全国地勘单位开展多部门、多工种、多技术手段的大会战，在这种情况下，各地便成建制组建了"女子三八钻"。

我决定从具有典型意义的地质项目和大会战中，寻找女地质队员的典型故事。

三

诺贝尔文学奖获得者莫言说，真正的创作是老老实实地写自己熟悉的东西。

的确，人的一生会遇到许多人和事，也会忘记许多人和事。记忆深刻的，往往是亲眼所见、亲身经历或与自己有关的故事。而那些不能产生共鸣的陌生人和事，不过是过往烟云，是稍纵即逝的意象，转身便可能成为虚幻。

我在江西某地质队工作了三十多年，此次"寻找"的第一站便放在了江西。随后，我返回北京采访，又分赴吉林、四川、安徽、云南等地，见到了当年的女地质队员（女钻工），还有由男同志担任的指导员、行政管理人员，共约八十人。女地质队员中年龄最小的，如今也已过了六十岁，年龄最大的九十岁。

促膝交谈，他们给我讲述了许多生动有趣又惊心动魄的故事。

有的老大姐语言表达能力很强，同时伴有肢体语言，绘声绘色。有趣之处，我和她们一起捧腹大笑；情到深处，我也与她们一起落泪感伤。有些则因年龄偏大，已然不记得野外工作的细节，许多经历在脑海里呈浆糊状。

要将女地质队员的故事写成一本书，感觉手头现有的素材不够，我准备再去几个省市采访。联系了几位作家朋友，希望得到新的线索，却因为当年的女钻工早在二十年前就已经退休，她们有的人离开了地质队大队部，联系困难；有的联系上了，却不愿意回顾痛苦的往事。再就是新冠病毒感染影响，我不得不结束了采访。

钻探系地下施工，仅凭对现有女钻工的采访，我觉得还缺乏直观感受。于是，我萌生了赴机台体验生活的想法。

2022年3月，我在北京的驻会（驻校）期满。我联系了老同学、江西省地质局第四地质大队副大队长李文胜，打算到他们队的钻探工地体验生活。我的想法得到了李队长和四队党委书记周伟的大力支持。他们很热情地将我安排在萍乡市武功山地热钻探工地。

负责武功山工地的机长是"80后"方义，他教我认识了离合器、油压把手、转扬把、刹手把、变速箱手把，教我区分"蘑菇头"、钻头，给我讲泥浆的作用和几种不同的取心方法等。

我穿上工作服、戴上安全帽，"有模有样"地每天到机台上看师傅们操作，试着去抬钻杆。结果，四十公斤重的钻杆躺在地上纹丝不动，我根本无力移动它们。重活干不了，我想自己能不能帮着记录一下进尺，或做点其他轻松的活。住了几天之后，我发现自己插不上手，只能站在一旁观看。我的"有模有样"变成了"装模作样"。

野外地质工作存在许多不可预见性。过去我下基层采访时，便给自己制定以下原则："服从安排，不逞强、不逞能，不擅自操作设备、仪器；增强团队意识、安全意识和自我保护意识，不独自进入陌生地带，不给野外同事添麻烦。"

在武功山地热钻探工地，望着高耸入云的钻塔，听着钻机的轰鸣声，我既有身为地质人的自豪，也生发出无法名状的敬畏。我减少了上机台的次数，尽可能不影响师傅们正常作业。空闲时，我再和他们交谈。

四十多岁的吴师傅对我说，他在机台干了二十多年，省内省外都去过，不记得到过多少地方，干了多少项目。吴师傅还说，无论到哪个地方，都得尊重当地的风俗，开钻之前得敬"土地公公"，这样就打得顺利。

住了一个多月之后，我赴萍乡市采访了四队钻探工程院的邹博、杨少波、肖志刚、苏克鑫、聂卫东等几位钻探专家。

四队始建于1952年，有较久的钻探历史，集中了较强的钻探力量和技术人才。

被评为"最美地质人"的肖志刚说："不了解情况的人，会认为钻探仅仅只是简单的力气活，是粗活，看起来很简单，实际上粗中得有细，得凭借丰富的经验应对各种问题。"聂卫东则打了一个很贴切的比方，说："打钻就像开车，学开车不难，开好车不容易。如果不去操作，就没法知道地下的具体情况。"

他们也给我讲钻探作业时发生的故事。

有一年四五月份，钻探院在贵州省威宁彝族回族苗族自治县疙瘩营施工，在一户做烤烟的老乡家住下了。

老乡家有一栋小平房，大概三间屋，有一间用来烤烟，只有一扇门，没有窗户，不能通风。后来改成牛棚，牛粪、玉米秆直接和在一起沤肥。

钻探院进场之后，老乡就把湿答答的牛粪从房间里掏出来。房子本来得敞几天散散气味，因为着急住，便在街上买了一块塑料布，往地下一摊，床架子搭好，人就睡进去了。可是，屋内臭气熏天，熏得钻探院总工苏克鑫实在扛不住了，整晚整晚睡不着。第二天还得连续翻两个山头，走两个多小时的山路到机台上班。疙瘩营前不着村，后不着店，几个月下来，苏克鑫的头发长得可以扎辫子了，这让他十分郁闷，动了想离开地质队的念头。

苏克鑫姐夫的父母在河南南阳油田，那儿的待遇比较好。姐姐心疼弟弟，想把苏克鑫调到南阳油田，姐弟俩相互也有个照应。苏克鑫很矛盾，能和姐姐同在一个地方生活固然很好，可自己作为一个男人，如果仅仅依靠亲戚，自尊心不允许。他觉得心里不爽，思前想后，还是留下了。

还有一次在矿区，住着一个独臂老人，老人的菜地紧挨着一片祖坟地。他每天都会在钻机旁的菜地择菜，还会和苏克鑫他们聊天。后来，独臂老人突发意外，摔死了，就埋在了祖坟地。

那天正下大雪，夜里苏克鑫一个人去守班，哪知钻机上的帆布没有绑紧，风一吹就飘到阴森森的坟头去了，吓得他直打寒噤。那会儿，附近正好在修天然气管道，苏克鑫就蜷缩在一米五的管道内睡觉。第二天领导来检查工作，十分奇怪苏克鑫为什么从管道里钻出来，他尴尬地说自己害怕。之后，再轮到苏克鑫守夜班时，他就买二锅头，喝下去壮胆。

听后，我不禁莞尔一笑：原来大老爷们儿在野外也会"怕"啊！

在荒无人烟的野外，每个人都有不同的经历和感受。聂卫东接过话题说，钻探工作让人的性格变得开朗，心胸变得开阔。女人与男人不一样，有了烦恼，女人会找个懂自己的闺密诉说；男人不开心时，就到山里吼两嗓子，大山里没人知道，也不会泄露男人的秘密。再就是累了，几个大男人在一起喝酒，无拘无束，没有弯弯绕，仿佛所有问题都会被一杯酒给解决了。特别是，在野外还会遇到许多美丽的景色。比如，早上出门的朝霞和傍晚下班的夕阳呈现出不一样的景象，会让人心情舒畅，能够缓解身体的疲惫。聂卫东说："那都是原生态的风景啊！那会儿还没有智能手机，我便专门花了四千多元购买了照相机，记录所看见的风景。"

钻探院院长邹博说："钻探工作确实又脏又累，风险也大。但无论怎样艰苦，还是有人会坚守。"

四

在跟我讲述的过程中，"怕""坚守"，也是各地女地质队员出现频次最高的两个词。

《女地质队员》共涉及八个独立篇章（本篇为选题来源和总括，不算其内），《重忆荒原》是我完成的第一篇。这篇的主人公徐筱如，是参加最早的"两弹一星"基地地质勘查的女地质专家，也是唯一一位没打过钻的地质工作者，她的故事与其他女钻工没有相似之处。而另外七个故事，有许多内容相似或大同小异。比如，普遍怕走夜路、怕爬高塔，遭遇毒蛇、野兽的袭击，被器械击中受伤，等等。

采访中，不少女钻工讲述的内容如出一辙。我没有打断她们，毕竟她们上了年纪，工作有很多共通之处，她们能记住细节已经十分难得。而能记住五十年前一些场景的细节，非常难得。这两年，我如同寻宝般找到她们，对她们所讲述的内容均编号收藏。

然而，采访到的内容又杂又乱，太过冗长。如何从近八十万字的采访记录中，剔除大量同质化的内容，这是我在写作时遇到的一个高难度问题。

我去四川采访时，正遇上四名年轻的地质队员在云南哀牢山遇难。这也引发了社会各界对地质工作的热切关注。再就是，女性，一直是人们关注的焦点和热点。我问自己，我该如何真实呈现地质工作？

"女子三八钻"是特殊年代出现的特殊群体，大概持续了五年，有的持续了八年才退出历史舞台。一些女钻工，一方面想通过我的书写，慰藉自己的少女时代，一方面又不愿意敞开心扉。有的老大姐说："当年自己处在青年时期，天不怕、地不怕，憨憨傻傻的，难免说错话、做错事，如今回想起来很是羞愧。"

20世纪70年代，人们思想被禁锢，情绪被压抑，与青春期旺盛的荷尔蒙发生强烈的冲突，因此"女子三八钻"发生过悲情故事，有的因此终身未嫁。她们在追忆过去的时候，只愿讲述美好的部分，而那些痛楚的感伤，或被淡忘，或被隐藏。

作家梁鸿在《出梁庄记》中写道：

每个生存共同体、每个民族都有自己的哀痛。这一哀痛与具体的政治、制度有关，但却又超越于这些，成为一个人内在的自我，是时间、记忆和历史的积聚。温柔的、哀伤的，卑微的、高尚的，逝去的、活着的，那棵树、那间屋、那把椅子，它们汇合在一起，形成那样一双黑眼睛，那样一种哀愁的眼神，那样站立的、坐的、行走的姿势。

哀痛和忧伤不是为了倾诉和哭泣，而是为了对抗遗忘。

为了打消女钻工的顾虑，我答应她们在写作时隐去部分人的真名。

起初，《女地质队员》定位为报告文学。然而，由于"女子三八钻"距离现在已经过去了四十多年，一些地质队又多次搬迁，导致不少历史资料遗失，无法完全还原当时真实的情境。为此，本书多采用散文的写作方法，一些篇章，我还尝试融入了小说的元素。我还保留了讲述人的语言习惯，比如东北方言"贼冷""稀罕""嘶嘶哈哈""磨叽""虎了巴几""出溜""走道"；云南（彝族）方言："棚棚""小卜少""摩雅傣""老米涛""老波涛""考澜"；引用了钻工自创歌曲，如"钻机隆隆响，井架刺破天。银盔头上戴，红日照心间"，还有一些俗语和顺口溜。我基本尊重各地的语言习惯，比如大部分省市称"钻机机台"，四川则称"钻机机场"，等等。

尽管我做了充分准备，写作过程中，我还是遇到了意想不到的困难，这令我异常心塞、焦虑、困顿，出现了头晕、呕吐、失眠等生理现象。还有一些不能言说的妄议、误解、阻力，使我郁闷。我不想做任何解释，这也差点让我放弃此次写作。倘若放弃，我既无法向我采访到的老大姐们交代，亦愧对自己历时半年采访的路途颠簸。

开弓没有回头箭，我执拗的个性也不允许自己半途而废，反而让我的思维异常活跃，越挫越勇。我一边写作，一边阅读，不断给自己注入新的能量，汲取新的营养。

迟子建是我最喜爱的作家，她在长篇小说《烟火漫卷》后记中这样写道：

"文学确实是晦暗时刻的闪电，有一股穿透阴霾的力量。"

"完成一部长篇，多想在冷风中看到一轮金红的落日啊，可天空把它的果实早早收走了，留给我的是阴郁的云。"

"透过车窗望着茫茫夜，第一次感觉黑暗是滚滚而来的，一个人的内心得有多强大，才能抵抗世上自然的黑暗和我不断见证的人性黑暗啊。"

　　这些话，读得我泣不成声。泪流之后，我又顿感释然。

　　我不时调整自己的状态。写累了，我就做家务，侍弄花花草草，到郊外呼吸新鲜空气，拍美照，以此疗愈我的疲惫，保持精神的松弛。不明真相的同学因此对我说，你不仅活成了自己想要的样子，也活成了别人羡慕的样子。他们说我是一个乐于放大快乐的人，我笑而不语。其实写作者付出的辛劳，写作过程中的苦与乐，只有写作者自知。

　　在撰写本书系列故事的时候，我着重突出了女地质队员的特点：积极乐观。尽管"苦"真实存在，她们却很少把"苦"挂在嘴边。

　　我也是。

# 从江西出发

一

夜灯在寒夜里打开一段沉睡已久的岁月，一张张泛黄的纸页安静地躺在桌上，它们将被一种使命感唤醒。

那是一份1976年的文件，上面印有几十号地质人员的名字，其中四十多个女钻工的名字尤其醒目。

她们的名字里有时代的烙印，浸着青涩的柔情，被郁郁葱葱的山麓拥抱过，被霏霏雨雪冲刷过。她们从江西出发，懵懵懂懂地走向皖南大地。

时间是一个碾子，有一天，终会把所有的印记碾平。或许用不了一百年，只需要五十年，或三十年，或仅仅二十年，许许多多的过往，会因为当事人的消失而烟消云散，毫无踪迹，就像什么事情都不曾发生过一样，而下一个轮回又从另一个开端继续。

历史就是一个轮回接着一个轮回，出现又隐匿，隐匿又出现，反反复复，周而复始。每一个轮回中的人，或大或小，或男或女，都是不同历史阶段的参与者和见证人。

基于某种需要，亦是我个人的心愿，我想记下那份文件中的女钻工，写下她们中的一位或是两三位，在峥嵘岁月里的苦乐传说。

她们是成千上万地质人的缩影，我将通过这些女钻工的讲述，记下20世纪70年代中期，那些如花似玉、满脸稚气的姑娘，在人迹罕至的荒漠戈壁、崇山峻岭，除了风餐露宿、栉风沐雨，她们曾经历过什么、遭遇过什么。

野外钻探工作，在地质队属于繁重体力劳动，也是最基层的工作。人们在风沙肆虐的荒郊野岭抬重物、爬钻塔，噪声大、条件差、风险高。对男同志来讲，这份工作都需要一副好身板，有足够的力气、胆量和甘于寂寞的心，更何况是女同志。

一位老作家曾这样说过，我们不想回到过去的岁月，我们却怀念那段岁月的一种精神。那是一代人的亲身经历，他们有一种没有被污染的奉献精神，那是需要永远被传承下去的。我们集体追忆那个年月，追寻当年的生活，是在找寻逝去了的青春；我们身上还带着那年月留下的伤痕，我们身上也保留了那年月的青春；那年月，我们在物质上是那么贫困，却有一个充实富有的灵魂。

二

我的思绪翻滚之时，宾馆半掩的门被推开，一名六十开外的女子风风火火地进来，一边擦汗，一边高声说，她打完太极拳就赶过来了。我惊得睁大了双眼：这么小的个头！目测过去，她大概一米五多一点，皮肤不白。

她叫英瑛，是我这次要采访的女钻工之一。

我在有钻机的地质队生活工作了五十多年，尽管我没上过机台，没在深山老林里打过钻，"钻机"和"钻工"这两个名称，却与我有千丝万缕的联系。我所在的地质队于20世纪60年代初建队，也是以钻探为主业。不过，当我参加工作的时候，地质队已经不再安排女职工上钻机了。女钻工这个名词，在20世纪80年代初退出了地质队的历史舞台。我对身边年长自己十岁左右的老大姐比较熟悉，她们有不少曾是女钻工。我在地质队做宣传工作时，也经常赴机台采访。故此，我对钻探、对钻工有初步的印象。

我所认识的女钻工，在野外工作了一段时间以后，也如英瑛这样大嗓门儿，看起来精气神十足。不过我的社交圈子十分有限，我还没有见过像英瑛个头这么小的女钻工。我不能把自己的诧异说出来，我知道，女人都很在意自己的个头和长相。可个头和容貌是父母给的，自身难以改变。虽然眼前的英瑛已年过六旬，我仍然要把那些不该说的、不该问的，有可能伤害她自尊的话咽下去。

　　可是，我实在无法将英瑛和女汉子般的女钻工关联起来。我有点担心，联系采访的同志是不是弄错了，这个英瑛难道与我要采访的英瑛同名？眼前的英瑛，别说能否抬起四十公斤左右的钻杆，她能自如地用扳叉扣住钻杆吗？她敢爬上二十三米多高的钻塔吗？她敢独自一人在深山老林里走夜路吗？……一连串的问题从我的大脑涌出，我想遮盖也遮盖不住。它们演变成我疑惑的表情。这些表情又毫无保留地出卖了我，撞上了英瑛的眼神，弄得我十分尴尬。英瑛却不介意，乐呵呵地告诉我，1976年，她十八岁刚上机台时，一米五三的身高的确产生过一个令人啼笑皆非的故事。

三

　　20世纪70年代，是一个特定的历史时期。

1976年2月，为加速勘探步伐，经国务院批准，在安徽开展庐枞铁矿大会战。大会战以安徽省地质局327地质队为基础，组建了庐枞铁矿会战指挥部，先后汇聚多家地质单位的三千多名地质工作者，五十多台钻机赴安徽庐江，开展了罗河矿区多兵种联合作战。

正逢高中毕业的英瑛，通过地质队内招，成了江西局909地质队（1998年重组为赣南队，现为江西省地质局第七地质大队）的第二代地质人，也成为第一批赴罗河矿区，参加大会战的"女子三八钻"的一员。

20世纪七八十年代，直至90年代的地质队，在进城之前是一个"小社会"，被外界人士誉为"独立王国"。尽管地质队驻扎在偏僻的乡镇，但那时的地质队，职工享有不少特殊优惠政策，生活福利待遇好，有自己的子弟学校、医务所、食堂、职工俱乐部、电影院、小卖部等等，公共服务设施一应俱全。物资匮乏年代里的人们对生活没有过高的奢望，职工及家属足不出户，就能解决生活的基本问题，这些福利是最让外界羡慕的了。

在地质大院长大的英瑛，刚刚告别学生时代就穿上了工装，这让她沉浸在喜悦之中。没过几天，她又接到通知，马上要去距离赣南约八百公里的安徽工作，这更令英瑛感到"幸福来得太突然了"，兴奋、喜悦、忐忑交织在一起，令她热血沸腾。青春萌动的英瑛太想去外面的世界看看了！去安徽，这可是她第一次离开父母，离开家门，走出江西呀！

据909队史记载，1976年3月，大队共安排一千三百多名地质、钻探、后勤以及机关工作人员奔赴安徽。大队部调遣了十多辆解放牌大卡车，并搭置好车篷，制作了几百张长条凳供职工们长途乘车用。大家伙儿坐在大卡车上，从江西赣州出发，经九江、安庆，浩浩荡荡，像印度电影《大篷车》中描述的那样，说一路，唱一路，笑一路，挤挤挨挨、颠颠簸簸好些天，才到达罗河矿区。

20世纪70年代物质还不丰富，地处长江三角洲的安徽，人们生活十分艰苦。到达安徽之后，909地质队的职工们分散居住在三百多个农民家中。1976年受唐山大地震的影响，大家移居到用篾片搭建的防震棚里。住处最远的距工作地点有二十多里路。这些从赣南来的人得克服水土不服、气候不适应等各种困难。进入10月份，才过中秋，气温骤然降至零度。

往年这个时候，在气候温暖的赣南，大家穿件衬衫都感觉微热；而在庐江，姑娘们把洗好的衣服晾出去不到五分钟，衣服就冻成了硬邦邦的大冰块。呼啸的寒风把防震棚和钻塔的帐篷吹得摇摇摆摆，发出瘆人的怪叫，也让这些初来乍到的江西地质人即使穿上毛衣，也冷得直打哆嗦。即便添一件棉袄，仍冻得不行；再套上一件，还是冷。浑身裹得既像粽子，又像北极熊。飕飕飕，飕飕飕，飕飕飕，裹得再厚依旧难抵严寒。到了12月份，庐江便大雪纷飞。

第一次看见下大雪，大家好兴奋啊！滑雪、堆雪人、打雪仗，童趣、青春气息撒了一地，好不过瘾。到了夜里睡觉可就惨了，薄薄的被子哪里能抵挡住风寒？即便是把大棉袄压在被子上，姑娘们捂了大半宿，被窝里也暖和不起来，浑身上下都是冰凉冰凉的。等到天亮，厚厚的积雪不仅把竹篾子门给堵了，她们的床底下也都灌进了不少雪。大家冻得舌头都捋不直了，猫在被窝里不想起床。上班时间快到了，机班长喊："一二三，快起床！一二三，快起床！不然要迟到了。再不起床，掀被子了！"一听要迟到了，大家都跳起来，生怕挨批评。

激情燃烧的年代，人们思想质朴、单纯。无论男女老少，对工作均充满"革命加拼命"的干劲，个个都怀揣不服输的念头。平整场地、竖立钻塔、钻机入场、起钻取心，均需人拉肩扛。"没有条件，创造条件上；遇到困难，迎着困难上；争分夺秒，抢着时间上；土法上马，因陋就简上；解放思想，打破框框上"的大庆"五上"精神，贴在墙上，更落实到了行动上。

参加会战人员当中有不少新工人，一部分是刚高中毕业或初中毕业的学生，一部分是返城知青，还有一部分是从地质系统外招来的。男职工组建的机台叫"青年号"，女职工组建的机台叫"女子三八钻"。

迎接新地质队员

钻探工作主要通过机械或人工方式，向地球表面钻出直径较小、深度较大的圆孔，以获取相关地质信息，为该区域的资源开发提供基础保障。青年钻工培训大概有半个月，大家初步掌握了钻探工作要领，下一步就靠工人们在实践中去摸索、总结经验了。

培训结束那一天，主管领导在会场把大手一扬，高声说道："这一边的上机台，那一边的去食堂。"会场顿时炸开了锅，被叫去食堂的姑娘们没能风风光光地上机台，垂头丧气，甚至个别人当场就哭了；被安排到机台的丫头们则兴高采烈，一蹦三尺高，又是唱又是跳，到了驻地也不消停，闹腾了一宿。在农村当过知青的女青年年龄稍大，比"学生妹"眼界开阔一些，见过世面。见"学生妹"欣喜若狂，连晃晃悠悠的帐篷都被"学生妹"折腾得快撑不住了，就有女青年板着脸喊："吵死了！吵死了！还睡不睡觉啊？"

英瑛的爸爸是909队第一代地质人，常年在野外作业，他深知地质工作的艰苦；妈妈是地质队医务室的医生，夫妻俩生有三个儿女，英瑛排行老二。

在大讲奉献的年代，人们野外作业的防护意识普遍淡薄，防护设施简单且不达标，英瑛的父亲为此落下了职业病——硅肺病。想着女儿刚参加工作就要远赴安徽，英瑛爸爸着实放心不下。

当年不少夫妇孩子生得多，许多家庭都不宠溺孩子，也没条件视自己的孩子为"掌上明珠"，但英瑛毕竟是自己的亲生女儿呀！她年龄小，个头小，一旦上机台工作，会有许多意想不到的困难。去安徽之前，父亲对英瑛千叮咛万嘱咐，想让她围着灶台转，有份稳定工作，当个炊事员就得了，不希望女儿做一个整天满身油渍、灰头土脸的女钻工。英瑛虽然有自己的"小九九"，可她平时十分惧怕严厉的父亲。当着父亲的面，英瑛藏起了小心思，没吱声。

在地质大院，听地质人讲野外工作是常有的事。钻探工作又脏又累，还潜藏着危险，这在地质队是众所周知的。但之前英瑛不清楚，这份工作究竟辛苦到什么程度，严峻到什么程度。如果自己没有切身体会，那么他人的经历听起来，也不过是一个久远的故事而已。一旦真正体验了野外生活，就会发现理想和现实完全是两码事。奔赴野外之前，蓝天白云、巍巍钻塔，与田野、山川构成了一幅高远和谐的美丽画卷，在生龙活虎的青年地质工作者心中，催生出无限的憧憬和遐想，也激发了大家强烈的好奇心和新鲜感。

起初，英瑛的确如父所愿，被安排在食堂工作，但她不想被人照顾，不想当炊事员。在"女子能顶半边天""男同志能做的事，女同志同样能做""找大矿，找富矿，我们行"的浓厚氛围中，她悄悄藏起了父亲的叮嘱，一心只想亲身体验站在塔顶的勇敢和浪漫。

到达会战指挥部之后，离开了父母的管束，犹如"鸟儿出笼"，英瑛终于可以放飞自己的梦想了！于是，她向领导提出，坚决要求上机台。领导望着弱小的英瑛，被她的执着感动，答应了她的要求。经过一段时间的学习培训，英瑛的操作技艺进步很快。

有一次，检查组上机台巡查，远远地就听见钻杆"嗖嗖嗖"往下钻进的声音，却看不见操作的人。他们误以为是当班人员擅离职守，无人操作。这还了得！钻机上离了人，可是要出大事故的。检查组刚想找机长进行严厉批评，走近一看，才发现全神贯注的英瑛正操作刹把呢！检查组的同志忍不住哈哈大笑，高兴地竖起大拇指，夸英瑛动作快，反应灵敏。

这个消息传回了瑞金，传到了英瑛父亲的耳朵里，他怀疑要么是自己听错了，要么是转述的人传错了。丫头不是答应去食堂上班了吗，怎么跑机台去了，还弄了个"无人操作"的笑话。英瑛的父亲赶紧去核实，从安徽回来的同事说："错不了！错不了！是你的宝贝女儿。老英啊，孩子教得好，能吃苦！"人家给英瑛爸爸竖大拇指，他却心有不快，埋怨领导没照顾自己瘦小的女儿，要求重新安排女儿的工作。

领导这才恍然大悟，原以为英瑛上机台，是全家人商量好的，没想到是孩子"自作主张"，领导表示理解英瑛的父亲，答应重新安排英瑛到工区食堂工作。谁知，倔强的英瑛不想离开一线当"逃兵"，硬是不肯去食堂上班。

那年代，路况不好，交通不便，赣州还没有火车站。而从赣州到庐江乘汽车，单程就得花费好几天的时间。面对女儿的"阳奉阴违""先斩后奏"，父亲不能直接赶赴安徽当面说服，既担心又无奈。他想到领导在电话里对英瑛的夸赞，转而感到欣慰。是啊，孩子终归是长大了，不能总受到父母的庇护，不然怎样去接受生活的各种磨砺。

谈到此，英瑛忽然掩面而泣，我给她递去纸巾。她哽咽着说，当初自己还是太幼稚、太天真了。直到她自己成家当了妈妈，她才深深体会到父亲是多么爱她，多么心疼她。凭她的条件，当时受到照顾，让她回大队在父母身边工作，还是有可能的。她感到遗憾，在父母最需要自己尽孝的时候，陪伴双亲的时间太少了。1981年，英瑛父亲病故，幸好那年她回到了瑞金，否则她一辈子都不能原谅自己。

机台工作实行"三班倒""四班倒"，让人感觉总是"睡不够"。大家在轰鸣的钻机声中交流工作，还得扯着嗓子喊话。时间长了，那些原本属于花季少女的轻声细语，在那种环境之下很自然地锤炼成了"巾帼不让须眉"的"高音喇叭"。

白天，大家伙儿一起下套管、起钻、取心，整日里忙忙碌碌，心无旁骛。到了夜里，钻塔昏暗的灯光和闪烁的星光交汇，万籁俱寂，淡淡的忧伤悄然而至，挂在姑娘们的眉梢，让疲惫的她们生发出思乡思亲之情。

不知是心理因素，还是什么原因，每次轮到英瑛上夜班，她就莫名地感到肚子疼，有可能是吃红薯粥吃得太多了。

我问她："同伴会不会说她有意找借口装病，不想上晚班？"英瑛摇摇头。野外钻探工作虽然艰苦，但当时整个大环境都是那样，几乎没有人对现实生活产生不切实际的幻想，而是"理所当然"地接受了生活的简陋与素朴。而且，几十号人都来自江西，从一个地质大院走出来，要么是彼此熟悉的发小、同学，要么是一起在农村插队的知青，即使是外招来的新工人，大家伙儿很快也就认识了，在矿区形成了一个特殊的团体，相当于组建了一个新的大家庭。集体生活，让这群乳臭未干的孩子感到友善和温暖，他们把地质队相互关爱的淳朴民风也带到了机台。

大环境尽管清贫，但为了确保钻探工人吃上健康有营养的工作餐，会战指挥部十分重视食堂工作，说："不能让职工饿着肚子上机台！"

"安徽的红薯真好吃呀！熬出来的红薯汤又香又甜，吃多少都不腻，吃得我们的嘴都黑了。"英瑛沉浸在对往昔岁月的追忆中，仿佛四十多年前在庐江的青春岁月，都化成了红薯的香味，留在了唇齿边。

## 四

和英瑛同赴安徽的曾德饶，是909队小有名气的女劳模，曾连续获得两届"全国三八红旗手"称号，被誉为名副其实的"铁姑娘"。如今六十开外的她，留着微卷的短发，穿一件黑白相间的T恤，皮肤黝黑，给人一副踏实的印象，一看就是在野外工作过的女钻工。她带着几分腼腆接受了我的采访。她的同事跟我说，曾德饶性格内向，不爱说话，这位同事担心我从她那里问不到什么。

如果不能让她顺畅地讲述，岂不遗憾？因此，我尽可能多倾听，把她的话题引出来，不打断她的讲述。曾德饶略带紧张的情绪放松不少，承载记忆的墨盒也渐渐打开，说着说着，我发现她竟超乎寻常的健谈。动情之处，她的眼里不仅闪烁着剔透的泪光，还声音洪亮，比画着手势，非常有节奏地唱起了当年的劳动号子——"嘿作嘿作"。

首次成建制组建的909队"女子三八钻"，是时代的需要，也是安置职工子女的重要举措。"女子三八钻"最初由四十多名如花似玉的姑娘组成，同时安排了三位经验丰富、作风正派的男顾问指导"三八"机台的工作。

接受钻进技术培训时，师傅们教青年男女操作钻机，让他们做好工作记录，遵守安全守则。要求他们向大庆学习，向扶余油田女子钻井队学习。那时他们都没去过东北，机台上还没有电视机，大家只是通过报纸、广播了解大庆精神，用实际行动诠释大庆精神。吉林扶余油田女子钻井队写下的诗篇"钻井女工多豪迈，擎天钻塔脚下踩。风沙雨雪任吹打，艰苦工作我最爱。钻井女工志气大，力争上游为国家。双手开出新油田，青春似火映钻塔"大大激发了身在南方的"女子三八钻"的豪情。尤其以下这段文字感染了这群赣南姑娘：

三年多来，英雄的女子钻井队发扬艰苦奋斗的革命精神，一年登上一个高度：1970年，一台半钻机（下半年增加一台）打出六十二口井；1972年两台钻机打出了一百零六口井；1973年她们进一步努力，又取得了革命、生产新成绩。钻井队在钻井速度、钻井质量、成本控制和井场管理等方面，都名列油田二十七个钻井队的前茅，成为全油田的先进典型之一。

这群赣南姑娘深受鼓舞，也提出这样的倡议："东北姑娘在冰天雪地，冒着刺骨寒风坚持苦干。我们也要在皖南大地上，做不甘落后的赣南'铁姑娘'。"

按照"领导在场和领导不在一个样，白天和黑夜一个样，下雨和晴天一个样"的要求，姑娘们从小事入手，从现场管理入手：柴油机大概八百公斤，几个没有足够臂力的人是难以抬起来的。这些不服输的蛮丫头却不请力气大的男同志帮忙，完全靠她们自己动手装塔衣、装设备、抬钻杆；生产过程中产生的废料、垃圾，她们做到了即产即清，作业场地上看不见尘土，钻杆和岩心也摆得整整齐齐；每次起钻前，她们都用干净的抹布把每一根钻杆擦得锃亮。生产场地倒是干干净净了，她们身上的工作服净是油渍和四处迸溅的泥浆。旷野的风拍打着姑娘们细嫩的肌肤，在日光、星光交相辉映中，她们将花季中的娇气与任性渐渐转化成了拼劲和豪气。

刚开始，来自农村的女钻工还十分满意自己终于跳出了"农门"，一段时间后，她们无不感慨地说，这样的重活自己在乡下时也从来没干过，而且晚上还不能睡觉。

的确，机台工作单调、辛苦，特别是在空旷之地上夜班，"青年号"一般只安排一个男青年；"女子三八钻"最多也不超过两个人，不免让人感到胆怯。为了排遣野外钻探工作的寂寞，那个年代的钻工们会相互取绰号（外号）打趣，比如老铁、老钻、阿古、阿三、大马、大胖、大李、大刘、老东北、小江南、湘妹子、小辣椒、眼镜、卷毛、大头、扁头等等，大家伙儿相聚甚欢。有些绰号不仅被同事叫了几十年，当事人的丈夫（妻子）也这么叫，弄得其本人几乎都忘了自己的本名。

　　年轻时的曾德饶胖乎乎的，同伴都叫她"胖子"，她憨憨一笑，不生气。那个年代大家不讲究吃穿，不爱打扮，以朴素为美。姑娘们在机台上风吹日晒，抹点雪花膏都是相当奢侈的事情，不少人因此都晒成了非洲黑人。原本俊俏的姑娘，每天脸上都是灰蒙蒙的，穿的也和男钻工一样，不认真辨认，都看不出谁是小伙子，谁是姑娘。不过，当领导来机台检查工作，身上和脸上都"挂花"的曾德饶还是担心，怕人笑话自己又胖又脏。人长得不够漂亮没关系，一个姑娘家，如果不爱干净，不讲卫生就是大忌了。于是，只要一听说领导要来，曾德饶会红着脸马上爬到二十三米多高的工作台上去清理灰尘、干活。

　　十七八岁的姑娘们初次离开家，离开了父母的呵护，并没有完全脱离稚气。

　　有一次，食堂的水管坏了，大家得到很远的地方去提水。

一个女钻工的父亲在会战指挥部修配车间工作，她没有向机长请假，便约上曾德饶到修配车间去洗衣服。等到洗完衣服已经是中午，女钻工的父亲心疼俩丫头，做了几个好菜，让她俩留下吃饭。另一边，机长和同事大半天不见俩丫头的身影，都以为她们失踪了，焦急万分，四处寻找。她俩快傍晚才归队，气得机长跳起脚来骂她俩："你们死哪儿去了？！怎么不让人省心啊？"机长狠狠地批评她们"无组织无纪律"，责令她们写书面检讨。曾德饶吓得胆战心惊，这才意识到问题的严重性。从那之后，她严格要求自己，不敢再出差错。

一段时间以后，姑娘们对钻探工作的新鲜感慢慢淡去。毕竟，她们整天要与近百吨的钻机这个庞然大物打交道，又脏又累，噪声还大。最让姑娘们难受的是，每个月生理期的那几天腹痛难忍，机台附近还没有合适的地方更换卫生纸。那时的姑娘特别矜持、含蓄、害臊，都不会直言说自己来例假了，而是以"来那个了""来好事了"等等隐喻替代。再则，女人生理期也为每月正常事，"轻伤不下火线"，没有谁会因此张口请假，而是咬着牙继续下套管、抬水泥。她们穿着半干半湿的内裤不停歇地干着活，不少丫头的大腿之间由此磨破了皮，夜里痛得躲在被窝里偷偷地哭。等到天亮，她们又擦干泪水，穿上了工装。

在钻井队工作，不仅要勤奋、能吃苦，不怕脏、不怕累，还得身手敏捷。稍不留神，潜在的安全隐患就可能转化为可怕的现实，比如离心锤自由下落时探杆脱落，会伤到操作员。钻机在运转时，若麻痹大意不戴安全帽，很可能被塔架顶端掉落的扣件砸伤。即使从塔上掉下一个小小的螺丝帽，因重力势能转化为动能会产生很强的冲击力，也会导致人身事故。泥浆泵在高压运行过程中，如果泥浆管破裂或钻杆堵塞，容易引起泥浆喷射而伤到现场人员。卷扬机上的钢丝绳如果发生断裂，也会对操作员的安全造成威胁。

有一个从农村招上来的大个子姑娘，文化程度较低，脑子反应慢，动作迟缓，遇到紧急情况，她总是傻愣愣地立在原地，急得曾德饶不得不拽着她跑到安全地带。特别是上夜班，光线又差，大家都很担心大个子姑娘，提醒她多次都不起作用，只好安排她只上白班。

善于总结经验的曾德饶说，尽管工作存在风险，但只要集中精力，用心操作，时间一长，就能准确判断异常动静来自哪个方向。如果是机械事故，得立刻断电。倘若是塔顶有异常的声音，就得迅速往机台外开阔的地方跑。

机台每天都可能遇到各种各样的问题和困难，一部分需要经验丰富的师傅帮助解决，一部分得靠丫头们自己去克服。"铁姑娘们"很争气，原定一年完成的钻探任务，她们不到半年就保质保量完成了。每次领导视察之后，都要在大会上说："你们去看看'女子三八钻'，地板上看不见泥浆，各项工作都走在了前头！"

## 五

庐枞铁矿大会战，是国务院批准的重点项目。刚开始，909队担心新工人拿不下来，特别是不放心新组建的"女子三八钻"。培训的时候，有位师傅反反复复强调，到了钻机上一要认真学习，不能不懂装懂；二要胆大心细，反应灵敏，三要善于判断，避免发生机械和人身事故。他仔细讲解什么是千米钻，什么是百米钻；钻具和钻杆长什么样；钻进方法的种类；泥浆在钻进时的作用；岩心钻探的回次进尺，取决于岩心的完整程度和钻头的耐磨性；取心方法；等等。这位师傅不厌其烦地跟新工人们强调，钻杆要一根根接起来送进地下，钻进结束后，要一根根拔起，他生怕新工人没听懂。这位师傅讲课的神态像极了当时的电影《决裂》中讲"马尾巴功能"的教授，惹得调皮的姑娘、小伙子课后学师傅的样子，拉长声音比画着说："啊！你们看，'蘑菇头'是这个样子的，钻头是这个样子的。看清楚了吗？弄懂了吗？……哈哈哈！"

结果被分队领导看见了，批评他们，生怕他们开钻的时候也懒懒散散、嘻嘻哈哈不认真。项目进行到一个阶段之后，"女子三八钻"以女人特有的细心和韧性，样样工作都走在了前面。大家忍不住夸赞她们："没想到这些小丫头看起来娇娇弱弱，干起活来还蛮像样！"

**大会战场景1**

这帮丫头其实没少挨骂、哭鼻子。当时"女子三八钻"的男顾问钟长炉被大家伙儿戏称为"党代表""洪常青"，对她们特别严格，经常批评她们，不过，这帮姑娘最终用行动得到了钟长炉的认可。

这次，我见到七十出头的钟师傅时，他才从医院做完手术回家，脖子上还缠着绷带，说话有点费劲。他的妻子告诉我，钟师傅平日里话也少。兴许是早早离开了队上回到了老家，退休之后，身边更没人提起那段岁月了，内心感到落寞。刚开始，得知我要他讲讲"女子三八钻"的故事，钟师傅的神情有些迷茫，紧蹙眉头说："哎呀，我退休二十年了，好多事都忘了。"

"怎么忘了？我都记得哇。"钟师傅的妻子是一位精明能干的女人。她带着较重的赣南口音，在一旁把话接了过去。据钟大嫂描述，会战刚进行两个月，她便携刚满周岁的大儿子和其他几个钻工家属，从赣州出发走九江，一道坐船去了安徽。到了庐枞，女人们见自己"当家的"住的是四处透风的牛棚和草棚，心头五味杂陈，心疼不已。

我问钟大嫂："安徽条件那么艰苦，当时是不是想拉钟师傅回赣州？"钟大嫂连连说："就是想，也不敢说出来啊！那个年代谁敢跟组织上讲条件？我们当家属的更不能干涉男人的工作，哪能说走就走？再说，70年代的时候，很多地方都穷得不得了，特别是农村，连饭都吃不上，一家人一年到头就穿一件衣服。而地质队端的是人人羡慕的'铁饭碗'，老钟做的又是国家重点项目，多让人自豪啊！"为了不影响丈夫上班，临到春节，钟大嫂带孩子返回了赣州，钟长炉则和钻工们一起留在机台上过年。

妻子的讲述，打开了钟长炉沉寂多年的记忆。钟师傅说，从1976年"女子三八钻"组建，到1981年撤销，他自始至终都在机台上。虽然那时他才二十六岁，却是一个不苟言笑的老师傅。他说自己脾气不好，经常对新上岗的职工发脾气，搞得那些丫头经常哭哭啼啼，都惧怕他。现在想想，机台上那么多困难，有的男钻工都没法破解，却让那些丫头去解决很多问题，真是挺难为她们。职工住的地方离钻机有十多里山路，路上都是荒草，见不到几个人。别说夜里，就是大白天，女孩子也得壮着胆子自己走。等到了机台上，还来不及歇口气，马上就得接着干活。

有一次，一个女工因为修水泵没按规程操作，被钟长炉狠狠训了一顿，女工委屈地哭了。钟师傅说："哭鼻子能解决问题吗？不严格按规程操作，那是要出大事的。"比如抬钻杆，两人得喊号子，一起用力，不可一人不吱声忽然放下，否则另一个人很容易被砸伤。钻机厂房都是硬生生的铁家伙，柴油机、水泵、定木梁，都不会言语。稍不留神，这些铁家伙可能就会伤及钻工的生命。

1979年11月，一个钻孔终孔，大家忙碌着机台的拆迁工作。有个女工提前把一个螺丝给卸了，导致站在钻塔上的钟长炉一脚踩空，重重地摔下来，脑袋夹在设备的夹缝里，耳朵被剐断了，他昏死过去，吓得姑娘们哇哇大哭。随队军医肖碧光得知情况后，迅速赶到出事机台，立刻在工地实施救援，以高超的医术将脱落的耳廓接了回去。

听了钟师傅惊心动魄的讲述，我吃惊地看了看他已经痊愈的耳朵，问："当时没去县医院治疗吗？"他说："来不及了，工区离县城还有一段距离，那时用车又不方便。如果不及时手术，不仅耳廓不能复位，恐怕还会危及生命。"

一个疏忽，差点出大事故，给毛手毛脚的姑娘敲了警钟。

六

20世纪70年代的钻探大队，不少女青年都当过女钻工。女机长在机台上也是普通工人，虽然没有级别，算不上什么官，但一定得有"两把刷子"，得有"两下子"：不仅身上要有使不完的劲，还得有管理好女钻工的魄力和包容心。

这次采访，英瑛、曾德饶和钟长炉都不约而同地提到了女机长蔡金玲。

蔡金玲留着短发，就如七八十年代的"运动头"，一副干练、泼辣的模样。她长得端庄、大气，尽管年过花甲，脸上有了岁月的痕迹，但依稀能看出她当年靓丽的模样。

与蔡金玲交谈时，我总觉得她很眼熟。她说她九几年的时候，担任过人教科科长。九几年我也是人教科长。哦，我想起来了，那些年参加全局人事教育工作会议时，我们见过。不过，她比我大十岁，我们开会的时候仿佛并未说过话，彼此印象不深。没想到二十年之后，蔡金玲成了我采访的对象。

蔡金玲告诉我，打钻除了技巧，样样都要凭力气，可女人天生力气不如男人。最能锻炼臂力和手劲的方法，就是反复训练用牙钳松开或卸掉钻头。不少钻工在操作间隙，狠练"打牙钳"。

在钻探队，最脏、最累、最艰难、最危险的工作当数钻机搬家。那时，无论多重多大的机器设备，都需要在崎岖不平的半山腰人拉肩扛。钻孔终孔，得拆塔衣、卸钻塔；进入下一个工地，又得把钻塔竖起来，把塔衣装上去，这样反反复复的体力活，必须耐着性子做。二十多米高的钻塔啊！姑娘们上上下下、来来回回，磕磕撞撞。等钻机安安稳稳地矗立在荒野里，姑娘们身上到处是青一块紫一块的伤痕，累得眼睛睁不开，骨头都散了架。

上高中时，蔡金玲是909地质队子弟学校女子篮球队的队员，用她自己的话来讲，篮球训练使她脑子反应迅速灵敏，身体比较壮实。

刚当机长那会儿，有些比她年龄大的女青年不服气，总想找机会捉弄蔡金玲。这天，她和一个当过知青的上海姑娘走在山路上，蔡金玲在前，上海姑娘在后，彼此都不说话。忽然，蔡金玲感觉一阵冷风从身后袭来，紧接着她感觉身上冷飕飕的，原来是一条蛇挂在了她的身上。谁料，她并不慌张，立马紧紧揪住了蛇的尾巴，还是条活蛇！回头一望，上海姑娘正得意地看着她，露出挑衅的神情。蔡金玲一个转身，质问她干什么，即刻把蛇甩了出去，重重地打在了上海姑娘的身上，蛇掉到地上，昏死过去。上海姑娘愣住了，她没想到，比她小七八岁的蔡金玲如此沉着、镇定又果敢，连忙说自己是在和蔡金玲开玩笑。蔡金玲严肃地说："以后不许再开这样的玩笑！"上海姑娘羞愧地低下了头。

那个年代的人大部分比较单纯，但二十岁左右的女青年思想逐渐成熟，她们更多地开始关注自身。有的难免耍花招，使小性子，弄点"小名堂"捉弄人，以发泄心中的不满。作为女机长的蔡金玲明白，要带好"娘子军"，特别是比她大的女钻工，没有真功夫，就没法服众，就揽不了瓷器活。当软则软，该硬则硬，刚柔并济，才镇得住有点野性的丫头们。或许真是不打不相识，日后，蔡金玲注意到上海姑娘是个心细的人，渐渐地，她俩成了好朋友。蔡金玲还在工作中重点发挥上海姑娘的长处，尽量给她安排需要细致和耐心的活。

还有的男钻工见蔡金玲个头不高，提出和她比手劲，看她能不能将钻机上一百公斤的吊锤提起来。身为机长的蔡金玲，瞟了瞟男钻工，表示绝不示弱。其实，蔡金玲的心里也没底，不知道自己究竟有多大力气，心想，今天如果提不起来怎么办？……她先稳定内心，给自己打气，然后不动声色，试了试。她明白，只要第一次提起来了，第二次就好办。结果提了三次，她都成功地提起来了！她高兴坏了，朗声说道："谁还来，再和我比试比试？"然后半开玩笑说："以后你们讲话给我注意点喽！"第一次提起来，惊得男钻工睁大了眼睛说："这妹子力气好大！"从那以后，无论是"青年号"的男钻工还是"女子三八钻"的女钻工，大家都不敢小觑蔡金玲了。

有作为，才有地位。这些来自江西赣南老区的女钻工，在会战指挥部举办的劳动竞赛中，丝毫不逊色于"青年号"的男钻工。

七

一摞摞历史资料躺在赣南队资料室里。我在那些安静的文字里寻找到下面的记录：

1978年5月17日，江西909队全面完成了国家地质总局下达的钻探工作量，提前四十四天完成了大会战任务。为查明一个大而富的特大型铁矿奠定了基础。

尽管尘封的史料里，并没有为"女子三八钻"留下详尽的笔墨，但这群地质队的"铁姑娘"，从江西出发，从赣南出发，把"干一行，爱一行，钻一行"的初心，还有那些在逆境和困顿中的迷茫和坚韧，留给了峥嵘岁月里的罗河矿区。

# 重忆荒原

一

北京奥体中心附近的一个小区里住着一位新中国成立初期的女钻工。获悉这个消息后，我立马决定去拜访她。从我所在的学院路——中国地质大学到奥体中心，乘地铁或公交都可抵达。

去之前，我给这位名叫徐筱如的老人打电话。得知我是来自地质队的作家，她很高兴。尘封几十年的记忆已然被时光淹没，忽然有人要用文字记下来，老人激动不已，说："终于有我们自己的作家，而且是女作家来写女地质人的专集故事了，希望我们能尽早见面。"她建议我乘公交去奥体中心，说正好可以在车上观赏初秋的京城。徐老师在电话里还反复叮嘱我怎么走，在哪里下车，生怕我不认路走丢了。我告知她自己的方向感比较好，让她放心。

秋日的京城凉爽、舒适，银杏树在秋风的吹拂下，片片树叶变成了一把把金黄可人的小扇子。坐在公交车上，我并没有把心思完全放在观赏京城的秋景上。毕竟要在北京工作一段时间，还有不少时间可以好好逛逛北京。这次，我一心只想尽快见到徐筱如老人。

86路公交很快就将我送到徐老师居住的小区附近，九十岁高龄的徐筱如白发苍苍，拄着拐杖站在小区门口迎候我。进出小区的人不多，她一眼就看见我了，像熟识我的长辈一样，高声叫着我的名字。"天下地质人是一家"，就这样，"地质"一词，把我和徐筱如老人迅速联结起来。

徐老师性格开朗，头发全白，满面红光。她的双眼特别明亮。那是一双穿越浩渺时空，却依然保存美好顾盼的眼睛；是一双历经风霜，却丝毫看不出岁月浑浊的眼睛。看得出，她年轻时的颜值比较高。如果不是前两年摔了一跤，她说她还能打篮球，能顺畅地在三十米长的游泳池里游上几个来回。我想大概是年轻时在钻机上工作，为她的身体打下了良好的底子。徐老师朗声笑了，告诉我，她是一名工作到八十岁才退休的教授级高级地质工程师，从事野外探矿工程工作、做岩心分析和地质编录工作时，在钻机上结识过几名女钻工。

徐老师说："那些女钻工真了不起啊！一个个都还是十七八岁的大姑娘，正是发育长身体的年纪，却要和男钻工一样，在满是荆棘的深山老林中跋山涉水，稚嫩的肩膀上扛着上百斤的钢粒、钻头和钻杆翻山越岭，每天得使出吃奶的劲扛、拉钢丝绳，个个练成了'铁姑娘''女汉子'，那份活让人望而生畏，真不是一般人能干的。"

她接着告诉我，她自己一直在地质部（现自然资源部）工作，并没有在野外地质队打过钻。我愣了半晌，转而又惊喜，原来徐老师是一位"国宝级"的女地质专家！

徐老师在北京生活了六七十年，我听得出来她说话时还带着软软的南方口音。她像孩子一样"咯咯咯"地笑，夸我通过口音判断对方是哪里人的能力较强，并说自己是"乡音未改鬓毛衰"。她翻出事先就准备好的照片给我看，我就这样乘上了徐老师记忆的帆船——

二

1957年12月初，北京，地质部，一个看似平常的周末，冷风照旧将黑芝麻糊的香味拉出了胡同。

在地质部工作了三四年的徐筱如，为自己能在首都工作感到欣慰，不再像初来时那样，见到大领导就紧张、胆怯、躲避了。

这天下午临近下班，某司长把徐筱如叫到办公室，告诉她，暂时把她借调到国防科工委，需要她在一项绝密工作中从事地质勘探工作。这期间，不允许打听和询问与工作无关的事情，不允许询问工作意图，不同工种之间尽量少交谈，只管做好自己的本职工作。司长要徐筱如当晚就准备好行装，带上长期使用的行李和日用品，携带必要的技术专业书籍，第二天早上5点出发。

司长严肃的表情，令徐筱如心跳加速。

司长接着强调："从现在开始，不要问去多久，不得与外界联系，就是你的家人，也不能让他们知道你去了哪里。一切行动要服从部队首长的安排。遇到特殊情况，只能和我或何长工副部长联系。"刚成为一名中共预备党员的徐筱如点了点头，她懂得党的组织纪律性。她更明白，新中国成立初期，国家百废待兴。无论是国民经济恢复时期，还是实行第一个五年计划时期，都对地质矿产资源提出了异乎寻常的迫切要求。

北京的冬夜真冷，路上行人稀少，树叶早已从树干上分离，不知飘向了何方，留下枝条在空中无节律地摆动。北风没有了树叶的缓冲，直直地吹打在徐筱如的脸颊上，她系紧了脖子上的围巾，打了几个寒噤。是冷？是紧张？好像都有，更有受之重任的兴奋和激动。

此次受命的一百多人，都经过层层选拔、严格挑选，是一支政治素质过硬、专业技术精良、工作作风严谨的特殊战旅，只有徐筱如一名女性。

冬夜好漫长呀！徐筱如看着自己被路灯拉长的影子，喜悦又惆怅：她多么希望现在是和男友紧紧依偎在路灯下……

1953年国内地质队成立初期，只有少数日本产钻机和美国产钻机，陈旧落后。为改进技艺，我国先后从苏联引进了大批先进的油压钻机件和先进的钻井工艺。铁砂钻、硬质合金钻以及金刚石小口径钻，大大提高了钻进速度。在第一个五年计划期间，地质部从苏联聘请专家，帮助我国加速地质工作发展，同时我国也输出一批地质技术干部赴苏联学习深造。徐筱如的丈夫就是赴苏留学的专家。

处在热恋中的徐筱如，夜深人静时，常在灯下给远在苏联留学的男友写信：昨天破解了一个地质专业疑问，今天自己独立完成了一个地质项目报告……这些大大小小的喜悦，她都托鸿雁传书给心爱的人。男友也会通过信使，把自己留学的所见所闻告诉亲爱的姑娘，给予徐筱如爱的力量。

那时，国内书信的投递都得一周或半个月，一封国际书信在路上最短时间得两三个月。此时此刻，徐筱如多想把自己将执行一项光荣而艰巨任务的好消息，第一时间告诉心上人。她拿出钢笔，在信纸上无声地轻唤恋人的名字，倏地又愣愣地停住，坐在昏黄的灯下，她不知该如何向男友倾诉这突如其来的一切……

来不及了，来不及了，就是时间允许，她也不能说，她务必恪尽职守，严守党的机密！从现在开始，她要藏起所有的喜怒哀乐，一个人默默地承担未来未知的一切；她要忍受有家不能回、有话不能说的苦楚和煎熬。

隐姓埋名，以"忽然消失"的方式作别亲人和恋人，让坠入爱河的徐筱如不免生出几分感伤：这一别，何日才相会？是否还能相见？泪水禁不住从徐筱如的眼中滑落下来。

业内人士都知道，先普查再勘探，第一步需要地质部来走。地质工作，正因为它的艰苦，才体现了它的光荣。

经历了旧中国血雨腥风考验的徐筱如，深知新中国正处在建设时期。她想起了刘少奇同志在1957年接见北京地质勘探学院应届毕业生代表时说："你们是建设时期的游击队、侦察兵、先锋队。""地质工作者是社会主义建设的开路先锋。"

眼下，自己作为地质行业的翘楚，即将为祖国的国防事业尽绵薄之力，自豪之情又油然而生。

那夜，二十五岁的徐筱如辗转反侧，失眠了……

三

徐筱如出生在贵阳一个旧知识分子家庭，父亲毕业于南洋路矿学校土木工程系。虽然父亲才高八斗，学富五车，但受"女子无才便是德"封建思想的影响，他认为，女人能认识几个字，嫁个好男人，相夫教子过日子就行了，不能到外面去抛头露面、不着家。徐筱如的母亲是典型的旧中国传统妇女，她很敬重博学的丈夫，对他言听计从，基本上一家之主的丈夫说什么就是什么，自己没有主见，从来不敢有把九个女儿送进学堂的想法。

旧中国疮痍满目、民生凋敝。受封建意识的影响，妇女在男权社会中的地位相当低下。在成长过程中，徐筱如接触到了众多仁人志士传播新思想，鼓励女性独立，倡导女性解放，苦苦求索救亡图存之路的悲壮故事。这些使得思想活跃、追求上进的徐筱如决心改变"女憧憧，妇空空"的现状。她悄悄翻阅父亲的书，特别渴望自己也像父亲一样，坐在课堂里，让知识赋予自己丰盈的内心和无穷的力量。"工程地质""混凝土结构""地下结构"等词语让她感到无比新鲜，她梦想有朝一日，自己也能行走在辽阔的疆土上，探明地下的构造，探寻地底的奥秘。

1948年，十六岁的徐筱如终于冲破家庭的束缚，毅然参加爱国运动。1949年11月15日，贵阳解放了，徐筱如加入了中国共青团。1950年初，她参加了黔东南地区土地改革工作，同年，她参加高考。以她当时的高考成绩，原本可以进入清华或北大就读，由于家庭贫困，父母没有钱供她上大学，她被当时实行供给制全公费大学的中国矿业学院（现中国矿业大学）煤田地质专业录取，成为新中国成立之后，第一代免费享受国家培养的大学生。学校不仅免费提供课本、仪器等，每年还免费向大学生发放棉衣、春秋装，还有三元钱生活费。个人不用花一分钱，就能在矿院安心读书，解决了徐筱如的后顾之忧。

地质学是实践性很强的学科，得多学多走多观察。大学期间，徐筱如和另外十位女同学到某煤矿实习，负责井下钻探的地质编录，在矿区待了半年。

井下工作系高强度作业，新中国成立初期的煤矿，井下施工环境和条件又十分恶劣，只有一个休息间供交接班用。下井前，工人们原本一身衣服干干净净，因为巷道空气不流通，潮湿又憋闷，还有积水，煤尘又厚重，还不等收工，大家身上和脸上便沾满了煤灰，只有一口牙还露着白色。由于井下工作的特殊性，煤矿工人均系男性。他们仅用草席或麻袋遮蔽身体隐私部分，几乎是裸露着身体在作业。

起初，徐筱如等女大学生不了解井下工作的特点和要求，一心只想着多在实践中提升专业素养。新中国成立初期，人才稀缺，矿区负责人也希望女同志能为百废待兴的新中国建设做出贡献，看着这些孜孜以求的女大学生，矿上没有明令拒绝女大学生下井。

实习结束，离开工友们的前一天，矿区鸣响了震彻山谷的鞭炮。徐筱如和同学们十分感动，以为矿友们是在热情地欢送她们，后来才得知在矿井内工作有禁忌。原来，矿井内空气中的有害气体，具有强烈毒性和强烈腐蚀性，瓦斯和氢气还具有强烈的爆炸性。井下开挖或钻山凿壁的工作，技术性强，工作强度大，并具有很强的隐秘性和危险性，对体力和体能的要求更高，而女性是无法胜任的。同时，为避免在密闭的矿区内发生男女问题等意外事故，所以禁止女性下井。还有，矿井内最忌讳的就是"血"，而女性每个月都有几天的生理期，于是不允许女性下井，满地的鞭炮原来是为了"驱邪"。

煤矿实习，令徐筱如十分尴尬。她真切感受到，自己的学习范围不应仅仅局限在地质专业之内，还要了解其他学科知识，以及传统文化、民风民俗，等等。

**女地质专家徐筱如（右）在矿井**

1953年，我国开始实施第一个五年计划。根据组织需要，原本需在大学读五年的徐筱如提前毕业了，被分配到地质部。说是在国家部委工作，她每年却至少有八个月的时间在云南、河北、吉林等地的野外生产一线披星戴月、跋山涉水进行研究工作。

# 四

一幕幕情景重现，徐筱如毫无睡意。她渐渐感到，每一次出野外，都让自己对山川的敬畏与爱恋更深一步，坚定了她从事地质工作的决心。似梦非梦中，她的眼前不禁又浮现出与青海辽阔天地的第一次亲近——

1956年年初，徐筱如跟随地质部工作组一行五人，赴青海柴达木盆地调研，协助野外地质队解决技术上存在的问题。他们乘一辆敞篷大卡车沿青海湖，向柴达木盆地行进。

上去个高山者哟，

望平哟平川，

哎哟，

望着那平川，

平川里有一朵牡丹。

置身于青海荒凉的大西北戈壁滩，徐筱如浮想联翩，小声哼唱起这首脍炙人口的青海民歌《上去高山望平川》。歌曲悠扬、舒畅，疗愈人的感伤。

有"聚宝盆"美誉的柴达木盆地，在两亿多年前曾是一片浩瀚的海洋。经过地壳多次运动、断裂、冲撞，柴达木盆地形成了一个被昆仑山脉、祁连山脉和阿尔金山脉环抱的封闭性巨大的山间断陷盆地，也是唯一一个在青藏高原的盆地。柴达木盆地盛产铁矿、铜矿、锡矿、盐矿等多种矿物质。倘若单纯选择旅游胜地净化心灵、缓解疲劳的话，具有神奇魔力的柴达木盆地绝对是首选。然而，要长时间在那里工作和生活，就完全是另一种人生体验了。

前往柴达木盆地的途中，是漫无边际的沙丘和黑色的矿山，阴晴不定的天空让人禁不住浮想联翩。一路上没有旅店，没有可以停车歇脚的驿站，数百公里之内不见人影，大家吃住都在空间狭窄的车上。途经野马滩时，忽见数以百计的野牛、野马、野羊和野骆驼，在一望无际的大戈壁、大草原上追逐奔驰。翻越日月山和海拔三千八百米的橡皮山，经德令哈鱼卡，才到达大柴旦马海村。

大柴旦是著名的大盐湖基地，主要盛产钾盐和岩盐。5月的马海还下着小雪，洁白的雪花覆盖在耸立的钻塔上，盖不住从钻塔传出来的阵阵轰响。

某地质队正在这里进行石油勘探，恰逢一台石油钻打到含水层时发生井喷，巨大的水压将钻机底座冲斜。工作组立即查找事故原因，总结了勘探盐湖地区的钻探技术方法，及时举办了优质泥浆钻进技术培训班。

大柴旦区内河流分为冰川融水、雪雨水补给型和地下水补给型。因受气温和热辐射及降水量变化的影响，径流量很不稳定。为此，矿区饮用水要用水车从数百公里外拉，每人每天供给的水不到三升，几乎常年没有水洗澡，不能洗衣服。矿区气压低，八十摄氏度水就开了，米饭、馒头都蒸不熟。这里常年吃不到绿叶蔬菜，只能吃羊肉和土豆，同志们不同程度地出现了皮肤干燥、瘙痒、便秘等身体不适现象。夏天，蚊虫又多得可怕，还有草爬子、牛虻等，专往人的皮肤里钻，大家不得不戴着面纱工作。在强烈的紫外线照射下，大家汗流浃背，酷暑难耐，完全是靠顽强的毅力和高度的责任心与恶劣的环境抗衡。

月光柔和地透过窗户映在墙上，也安静地照在徐筱如的心上。细数这几年参与的各个地质项目，自己已积累了一定的工作经验，徐筱如感到欣慰。那么，明早即将奔赴的地方，是荒漠？是大山？还是海洋？这些未知，催生了徐筱如无限的遐想。

## 五

1957年12月的一天清晨5点，两名解放军战士驱车把徐筱如送到了首都军用机场，飞机直抵酒泉7169部队。穿上军装的徐筱如激动得像即将投入战斗的英姿飒爽的女兵。她想，这一次的任务一定非同寻常。

第二天不等天亮，他们乘坐越野车沿河西走廊，向北行驶了十多个小时，傍晚才到达内蒙古阿拉善地区的额济纳旗。一望无际的戈壁滩满目黄沙，十分荒凉。远处是著名的居延海，距离蒙古国大概九十公里，附近有一条黑河支流，水量很少。大批解放军战士正忙于修路架桥，工地上红旗招展，人影绰绰。

"戈壁一场风，从春刮到冬，风吹石头跑，四季穿皮袄。"从繁华的京城来到荒凉的戈壁滩，地域上的落差，对徐筱如心理和身体来说，均是一次异常严峻的考验。

一顶顶帐篷搭起来了，茫茫戈壁有了人气，有了生机。大家住的是低矮的帐篷，睡的是行军床，办公则在一个较大的帐篷里，办公桌是用两块大木板拼成的一条长桌，同志们坐的是几条长板凳和数个小木墩子。晚上没有电灯，只有几盏烧煤油的小马灯和几支蜡烛，那是矿区夜间工作和生活中仅有的光源。

和在柴达木盆地时一样，大家吃的是棒子面、高粱米等粗粮，再就是土豆、粉条，一周能吃上一点羊肉，一年难得吃上绿叶蔬菜，水果更是少见。为此，不少战士得了夜盲症。戈壁滩上的水异常珍贵，饮用水多从百里外用水车拉过来，人们长期不能洗澡、洗头，衣服只能"干洗"。所谓干洗，就是用木棒狠狠击打衣服上的沙土，经过暴晒就算洗好了。因此，羊皮袄、羊皮裤内长了不少虱子、跳蚤，无法清除干净，大家头上、身上被咬出许多大大小小的红包。

全工区清一色是男性，绝大多数是从朝鲜前线回来的志愿军和优秀的工程技术人员，只有徐筱如一个女兵。刘团长蹙着眉头，满脸不高兴。会上，刘团长虎着脸说："这样一项重要的任务，地质部怎么派了一名女技术员？这不是给部队添麻烦吗？简直是乱弹琴！"

起先，每每看见徐筱如，刘团长就心里堵得慌，真想让她打道回府，让地质部重新派男专家来。不过，刘团长毕竟是一名身经百战的老兵，他也知道，徐筱如是经过了地质部严格选拔的，擅自要求徐筱如回北京，无论从组织原则上还是道义上，都说不过去。

那天，刘团长见到了徐筱如，用怀疑的口吻说："戈壁滩条件差，你能不能坚持？"徐筱如说："我曾在柴达木盆地工作了一年，吃过苦，受过累，所提交的几个地质报告也受到好评。"刘团长听罢，心想：这个女地质人还挺自信。我倒要看看她的自信来自哪里，是不是真的如她自己所说。然后，刘团长淡淡地"嗯"了一声，走开了。

刘团长带着蔑视的态度激怒了徐筱如，她感到委屈，又不好发作。她明白，能证明自己水平的，不是脾气大，而是有智慧，有实力。她心里暗下决心：一定要以实际行动改变团长对女性的偏见，让他看到，女地质工作者绝不是温室里的花朵！

第二天，部队交给徐筱如一个任务，要求她在三天之内提交一份打水井钻和工程钻所需的成套设备和工具材料的报告，徐筱如欣然接受了。白天，她照常在矿区和战友们一道上班，下午下班赶紧回到帐篷里，连夜就写完了报告。刘团长看了之后，非常满意，脸上立马"阴转多云"，立即派她去玉门油矿调动所需物资，并告诉她生活上有困难尽管提，鼓励徐筱如大胆工作。

额济纳旗位于内蒙古自治区最西端，地形为西南向东北走向的断裂凹陷盆地，干旱少雨，温差较大，风沙多。额济纳旗戈壁滩的气候比柴达木盆地更为恶劣。一望无际的戈壁滩，除了几棵胡杨树，几乎寸草不生，天气变化无常。额济纳旗的天会突然黑沉沉压下来，沙尘暴每次来得让人猝不及防，呼啸而来的飞沙走石，好似狂风在乱舞，让人两米之内看不清人影。

此项工作高度保密，凡是从酒泉进入额济纳旗的人员必须与外界切断联系，出入需要有特别通行证。寻找水源和探测坚固的岩石基地，是地质组专家和技术人员的主要任务。大家已经意识到，这是一项极其伟大而神圣的国防工程，一定是为发射原子弹或氢弹等新式核武器寻找基地，所以每个人都恪尽职守，默默工作，不讨论项目的用途。每天凌晨，地质专家们就背上行装踏上征途；到了白天，他们头顶烈日，脚踏黄沙，奋战在茫茫戈壁滩上。经常徒步数十公里，拖着疲惫的身体，背着沉重的岩石回到营地。有时也会乘坐军用直升机在高空观察地形地貌。

钻探组由徐筱如和一名老技师、一名材料员组成。徐筱如担任整个工区水文钻探和工程钻探技术负责人，另一名老技师具有丰富的实践经验，既是徐筱如的得力助手，又是她工作中的老师，遇到施工中的困难时，他总能设法排除。另外一名材料员负责后勤保障工作，几乎每天都奔跑在施工现场和后勤加工车间（机械加工车间暂时设在酒泉水文队），以确保施工一线的生产需要。

工区先后开动十余台钻机，除机长、班长为技术工人外，其余钻工均由解放军战士担任。

# 六

　　初次进入戈壁滩，大家并没有真正体会到沙尘暴的巨大危害。有一次，小分队在戈壁滩工作到傍晚时，忽然狂风夹着黄沙碎石漫天乱舞，打得人睁不开眼，大家赶紧躲进越野车中。这时，有一位同志内急，下车方便去了。车内的同志等了几分钟不见他返回，急忙下车寻找、呼叫。可是风沙太大了，盖过了人们的叫喊声。大家这才意识到，他十有八九是被风沙走石吞噬了。霎时间，大家心急如焚，不停地呼唤，汽车跟着在周边打转转，还是不见他的踪影。风还在呼号，夜幕重重地盖在了荒凉的戈壁滩上，也压在每一个人的心头。气温已骤降至零下二十多摄氏度，如果继续分头徒步寻找，那么在黑暗中，凶猛的沙尘暴可能会卷走其他同事，从而造成更大的损失。无奈，大家只好伤心地折回车上，打算回营地再想办法。刘团长正焦急地等待大家归队，得知一同志失踪，他急得跳起来，大发雷霆，说："你们怎么能抛下同志就回来了？！大家伙在这里同甘共苦，就是一个集体，就是一家人！遇到天大的困难，也要确保每一个同志平平安安，一个都不能少！集合队伍，赶紧去找！今晚如果找不到他，谁也不许回来！"说罢，刘团长亲自带领全队同志兵分几路，乘车奔向出事地点。同志们顶着呼啸的狂风和黄沙艰难行进，嗓子都喊哑了，但喊声迅即又被风声压倒。刘团长拔出

没有停泊的日子，

进行曲没有尾声，

也没有死亡。

他们总是隆起胸肌，

在烈日之下，

在龙门般高耸的钻塔之下，

让粗野，昭示出高耸的意志。

…………

这是诗人笔下的地质钻探工作，浪漫、旷达、豪放、纯粹。的确，沉寂的莽莽荒原不会言语，但山川大河是生长梦的地方，能催生奇妙的灵感，最美的诗意就来自原生态的大自然。地质人一旦有了诗意，他们的心中就可能长出一团火苗，就不会在黑夜里迷路。

地质队员是特殊的群体，他们常年辗转于荒郊野岭、大漠边关，是国家资源开发的先行军。在这个群体之中，不乏女地质人。

印度著名诗人泰戈尔说，在女人的笑声里有生命之泉的音乐。是的，女地质人是旷野中最绚烂的花朵，她们的声音是最美丽的音符。地质工作因为有了她们，平坦的草原和茫茫山野变得更加生动和丰富。

我们在岁月中求索。许多时候，起先只是为了寻找一个答案，却往往又在不经意间，被一句话或一个眼神提示，牵出多个答案。这比刻意去破解一些问题，更让人喜出望外。

采访廖钧，可以说，既是一次美丽的意外，更是一次喜悦的收获。之前，我在赣州采访江西地质局原909地质队女钻工时，她们告诉我，她们当中一位女钻工的妈妈也是女钻工，这位女钻工的妈妈就是廖钧。这条信息让我忽然间有了新的采访对象，我如获至宝。

我本以为，地质队的女钻工只是20世纪70年代的产物，经过这一年多从南至北的采访，我才得知，新中国成立初期，国内就有女钻工。按这个时间计算，这些女钻工年龄大概在八十至九十岁之间，或者更年长一些。她们的经历与70年代的女钻工既有相似之处，也有许多不同。我决定想办法找到廖钧老人！找到她，就可能带出一个群体的故事，就可能打捞起了一段被遗忘的岁月。

几位70年代的女钻工却摇头遗憾地告诉我，因地勘单位多次战略性重组，不少职工调离了原单位。再就是，无论是第一代女钻工还是第二代女钻工，都退休多年，她们彼此之间很多年前就失去了联系。廖钧老人上哪儿去了，身体状况如何，她们一概不知。我问是否有老人家人的电话，只要能联系上她的子女，哪怕只有一点点线索，就一定能找到她。功夫不负有心人，经过一番努力，我终于拨通了廖钧大儿子的电话。对方告诉我，虽然他母亲年岁大了，但口齿清晰，对话交流没有丝毫障碍。还说，如果我去的话，可陪他母亲说说话，听她讲讲年轻时的故事，老人会非常开心！听罢，我马上买好了去南昌的火车票。

## 二

3月，严寒渐渐退去。该是万物复苏的季节了，枝头已长出春的注脚，南昌城处处洋溢着生机，春天已明媚登场。我带着一份期冀，怀着对老一辈地质人的敬佩，去探寻廖钧老人的人生过往。

那日，恰逢一场春雨刚刚停歇，道路上弥漫着初春的湿气，我禁不住满心喜欢。我顺利地在英雄城寻到了老人的住处。

八十六岁的廖钧如今在南昌和大儿子住一块。他们的房子不大，看起来是八几年建的，没有豪华的装饰，室内素朴而简单、整洁。廖钧老人安静地坐在沙发上，脸上带着微微笑意。那是一位历经风霜的耄耋老人看透人生、洗尽铅华、返璞归真之后的沉静与安详。

老人想起身，但毕竟年事已高，行动不怎么灵敏，我连忙示意她继续坐着。侧身，我看见她家的五斗柜上摆放了一枚水晶纪念章。我问老人："是您的吗？"她点点头，脸上微微露出自豪的表情，示意我走过去看看。那是由江西省委、省政府颁发的"入党六十周年"水晶纪念章，上面清晰地印着"廖钧1955年12月入党"。

对于一个八十多岁的老人来讲，这枚纪念章是她一生的荣耀，值得她好好珍藏。

她儿子告诉我，当母亲得知我是为了撰写女地质队员、女钻工的故事而来，母亲头天晚上兴奋得没睡觉。廖钧告诉我，她年轻时也爱写作，爱读文学作品，许地山、郁达夫、闻一多、老舍、茅盾、巴金、田汉、戴望舒、臧克家、沈从文、夏衍、赵树理、秦牧等老一辈作家的作品，她都读过，也写过一些散文。原打算找出来给我看看，年岁大了健忘，她说不知放哪儿了。只在柜子里翻出了她年轻时发表的论文和照片，还有1980年绘的钻孔地质剖面图。

图纸已泛黄，却整整齐齐出现在我的面前。从这张图纸中，我读到了一名优秀的女地质队员严谨、整洁、有序的工作习惯。我懂，我感同身受。我的眼睛禁不住湿润，光滑的线条和工整的字迹熟悉而亲切，勾起我青春的记忆……

我告诉廖阿姨："年轻时，我也做过绘图员，也曾握着小笔尖和曲线笔，用玻璃棒做尺子，在聚酯薄膜上绘出密密麻麻的等高线，标注哪一片是起伏的山峦，哪一段是弯曲的河流。"

"哦？你也绘过图？在地质队，绘图算是比较好的工种，最适合女性。"廖阿姨平静的面颊上露出慈祥的笑容，说："没想到和我是未曾谋面的'老同事'。""是呀，我刚参加工作时，绘的是地质地形图，这项工作只做了九个月，还没等我接触到钻孔地质剖面图，就调离了野外地质一线，回大队部工作了。"廖钧老人说："我在钻机上工作的时间也不长，大概也就是一年。"不过，这短暂的一年，铺展了她宽阔的人生之路。

相似的工作经历虽然短暂，却缩短了我与老人的距离。

三

廖钧的父亲是四川人，母亲是江西赣州人。父亲是国民党军官，母亲在国民党军用仓库做会计。一家人在四川生活时，家境殷实，条件优渥。新中国成立前夕，兵荒马乱，国民党大势已去，廖父解甲归田，决定走水路举家迁往赣州。

为避免路上遭受土匪的掳掠，廖父把家里所有现金都换成金条，装在一个盒子里，藏在船舱不起眼的地方。岂料，眼看着离岸边近了，忽然狂风大作，电闪雷鸣，一阵暴雨从天而降，风浪一个接着一个撞向小船，把小船推在了一个暗礁上，哗哗哗的流水一眨眼的工夫就漫进了船舱。

"孩子他爹，我们的船遇到暗礁了！"廖钧的母亲望着被撞坏的小船，惊恐地紧紧搂住几个孩子。廖钧父亲望着茫茫江面，定了定神对妻子说："你赶紧带着孩子们上岸逃命。"说完，廖父打算只身去船内打捞金条，毕竟那是支撑全家人活下去的最重要的经济来源啊！廖母见状，急得在岸上捶胸顿足，号啕大哭，生怕丈夫因此丢了性命，廖钧和姐姐也大声呼唤父亲赶紧离开正在下沉的小船。望着岸上的一家老小，廖父悲怆欲绝："是啊！夫人身体不好，万一我有个三长两短，她一个人怎么支撑起这个家？怎么把儿女们带大？"万般无奈之下，他只能上岸，眼巴巴地看着小船没入水中。全家人的命是捡回来了，可小船和金条却被浩浩汤汤的长江水无情吞噬。

廖家破产了，从此一贫如洗，陷入困境。回到赣州，他们不得不投靠廖钧的舅舅。没过多久，急火攻心，廖母忧郁成疾，溘然长逝。

家庭状况的骤然改变，一夜之间让廖钧变得成熟懂事了。廖钧天资聪慧，1952年，她以优异的成绩考入一所师范学校。

生活看似渐渐趋于平静、平稳，命运之神却不知会在哪一个路口，布下一个局。这个局，预示着顺顺当当还是磕磕绊绊，一时间难以论证。

1953年的某一天，廖钧和两名女同学看见一则江西省地质局909地质队的公开招工启事，上面赫然写着管吃管住，每月还有工资。

新中国成立初期，百废待兴，国家尚不能全面解决大多数人的温饱问题。当时国内的地质队为数不多，很多人甚至不知道地质队是做什么的。这张招工启事，让她们眼睛一亮：这是什么好单位呀，管吃管住还发工资。这样的好事像是"天上掉下来的馅饼"，撩拨了三个女学生急于求职的心。

"我们去看看吧！如果地质队真有那么好，我们就不读书了。"廖钧提议说。两个同学表示赞同，提出是不是要先回家征求父母意见，再做决定。廖钧说："我们师范还没毕业，父母肯定不会答应我们中途辍学的。不如我们先摸清情况，再告诉父母。"

就这样，她们相约来到了地质队，负责招工的同志见来了三个充满朝气的女中专生，高兴坏了。那时的中专生可是国家干部，也算是了不起的知识分子了！刚刚组建的地质队正急需有知识、有文化的人才。"无论男女，我们都要！"负责人满意地点点头，问了她们几个问题之后，很快就答应她们第二天来上班。这么快就通过了审核！三个丫头太开心了。她们背着父母，即刻回学校办理了退学手续。

弃学，对于一个未成年的女孩来讲，是多么胆大妄为、大逆不道的行为啊！回到家，廖钧不免忐忑，犹豫了老半天，也不知该怎样张口，不知如何把自己的想法告诉父亲。她想，自己这样决定是不是太鲁莽、太幼稚了？廖钧像做了天大的错事一样，在家里来回踱步，坐卧不安。终于，她还是鼓足勇气，把自己的决定怯怯懦懦地说给父亲听。

父亲一听，吓了一跳，他没想到个头不高、表面乖巧的女儿，会做出如此幼稚的决定。廖父气得浑身颤抖，说："女孩读师范，将来当老师，工作稳定，这让多少人羡慕你。你可好，擅自辍学，简直乱弹琴！"廖父坚决不同意女儿弃学。然而，廖钧心意已决。况且，她已办理了退学手续，岂能反悔？

有了独立想法的廖钧摇摇头说："学校是回不去了。眼下家徒四壁，我到地质队上班领工资，多少能缓解家里的困难。"父亲则板着脸说："挣钱是大人的事，还轮不到你一个学生操心。"性格倔强的廖钧执拗地说："我和两个同学已拿定主意，地质队也要求我们尽快去报到。"

此时的廖父尚不了解地质队，一听孩子明天就去上班，担心她上当受骗。想到女儿"先斩后奏"私自做决定，廖父火冒三丈，他大声斥责女儿："你了解地质队是做什么的吗？都有哪些人？你就不怕上当受骗？"老父的问话，让稚嫩的廖钧无法作答。她只是一个劲儿地说："反正我不想再读书了，只想挣钱养家。"这样的回答气得父亲直跺脚，两人僵持不下。

第二天出门前，廖钧姐姐舍不得妹妹就这样离开家，便拦住妹妹，让她再考虑考虑，向父亲低个头、认个错。廖钧执拗地说："不用考虑了。那两个同学还等着我一起上地质队呢！"

廖钧任性的样子，令父亲更加生气，他厉声对大女儿说："不要拦她！这个逆子！让她去！不读书，看她能干出什么名堂来！如此冒失，有她吃苦的时候。"父亲狠心地说："不许她带走家里的任何东西，就是一张纸、一支笔、一个脸盆也不给她！"父亲铁青的脸，把姐姐吓住了。廖钧也生气，义无反顾地走出了家门。大姐生怕妹妹在路上出事，着急忙慌地空着手把廖钧送到了地质队。

新中国成立了，人们再也不必因为战争而流离失所，再也不会衣不蔽体地到处流浪，一家人能团团圆圆、安安稳稳地过上和平的生活，吃上一顿饱饭，这在新中国成立前是多么奢侈的事！廖钧终于告别校园，不再需要父亲供养，自己省着点的话，还能接济家里一些，这在新中国成立初期，是莫大的幸福。

在地质队办好了入职手续，她们仨被分配到钻机上工作，成了机台上为数不多的女性，成为新中国第一代女钻工。

四

廖钧工作的第一站是大余西华山。

大余被誉为"世界钨都"。位于大余县城西北九公里的西华山，海拔八百多米，风景如画，钨矿资源十分丰富，曾是"世界钨都"大余最璀璨的明珠。

来到地质队，廖钧不仅饱览了祖国的壮美山河，还懂得了钨是稀有金属，耐高温、坚硬，是制造钨丝和弹头、炮管的重要原材料。她还学习了钨都的光辉历史。原来，西华山因钨矿资源丰富，是土地革命时期红军在赣南重要的经费筹措地。新中国成立后，西华山钨矿是全国重点工业建设项目之一，是国家重要矿产供给基地。

太好了，太好了！在地质队还能学到许多在师范学校不能学到的新知识，视野得到拓展，这让勤奋好学的廖钧兴奋不已。

人生有无数个第一次，有无数次开始。无论怎样开始，廖钧都始终抱着认真学习的态度。她怀揣青春的梦想，第一次穿上工作服，戴上手套和安全帽，脚踏登山鞋，真是精神抖擞啊！新的环境，让她感觉浑身上下都充满了力量。

在师傅的带领下，廖钧逐渐明白，钻探施工工艺必须结合岩石性质和地质情况来进行，通过岩石实际钻性等级，可确定钻进工艺参数、钻探施工时间和钻头结构类型等有关内容。天资聪慧的廖钧认真学习如何推离合器，如何解开和接上钻杆，如何操作提引器，如何抢大锤，如何避免泥浆喷溅到身上，如何安全地安装高压管线……看着各种钻具，听着震耳欲聋的钻机声，她和新同事明白了，钻机一旦开钻就不能停止作业，否则可能导致事故的连续发生。因此即便下着大雨，也得下套管……这些情景都令她们既感到新奇又感到紧张，由此也明白了作为一名钻工的艰难、辛苦和责任。

新中国成立初期，不少妇女没进过学堂，除了十个数字，其他的汉字都不认识，有的甚至连自己的名字都不会写。

工休期间组织女钻工进行政治理论学习

到机台工作之后，没有文化基础，她们遇到的困难就多了。地质队为此专门办了扫盲班，帮助她们先过文化关，再过技术关。这些在旧社会吃尽了苦头的劳动妇女，想都不敢想自己还有学习的机会。她们异常珍惜这难得的学习机会。到了机台上，除了正常操作钻机，一有空就拿根树枝在地上写字。

在文化知识方面，廖钧和她的同学就占了不少优势，但师傅仍然要求她们加强理论学习，说既要过"生产关"，还要过"思想关"。

对于廖钧来讲，在野外队工作，是一次对体力和思想的双重考验。

新中国成立初期的地质队，还没有成建制的"女子三八钻"，基本上是男女搭配混合作业。三名女中专生的到来，给机台带来了生机和活力，小伙子们干活更卖力了。机台上的重活由男同志干，姑娘们则在缝缝补补、洗洗涮涮等生活上，给予男同志很多帮助。

不少单位讲究"各司其职、各负其责""一个萝卜一个坑"。而野外钻探，每个人至少要身兼两个以上的岗位，有人甚至既是操作工，又是修理工，还是搬运工。尤其是机长，钻机上的每一个岗位他都得能胜任，都得拿得下来，随时得

"顶上去"。

说到野外生活条件,廖钧老人叹了口气说:"当年地质队的生活条件,那真是又穷又苦啊!"她告诉我,地质队给她们三个人发了帐篷,虽然是新的,却完全不能与砖混结构的房子相比。晚上,呼呼的夜风拍打着四处透风的帐篷,外面还有野兽的叫声。她们生怕野兽闯进帐篷,总是吓得蜷缩着身子不敢动弹。

原来这就是所谓的"管住"啊!难道要一直住帐篷吗?这哪是人待的地方哦!不仅居住条件差,每天工作还被泥浆、柴油溅一身,脸上不是汗就是泥。

有一天,一个女钻工上井架,差点踏空掉下来,把在场的同事吓出了一身冷汗。回到住处,廖钧依然心有余悸,嘴里不停地喃喃自语:"我想回家,我想妈妈了……"见状,另外两个姑娘嘤嘤嘤地跟她一起抱头痛哭。她们为自己冲动而草率的抉择懊恼、后悔,恨不得第二天就离开钻井队。然而,人生没有回头路,她们想重返学校,却回不去了。

廖钧给父亲写了一封忏悔信。读罢女儿的来信,得知孩子在地质队的情况,廖钧的父亲又气又心疼。他再也坐不住了,亲自从家里拿了被褥、行李给女儿送去。到了机台上,廖父和女儿的同事攀谈,才得知地质队有不少职工是中国人民解放军南征北战后的退伍军人，他们把敢于吃苦、勇猛顽强的精神带到了地质队。他看了看女儿居住的帐篷，又望了望耸立在云天的巍巍钻塔，对地质工作略知了一二。

廖父虽然是国民党军官，却对纪律严明的共产党部队一直怀有崇敬之心。联想到自己曾在枪林弹雨中身经百战，颠沛流离，沉思片刻之后他对廖钧说："既然来了，就留下来吧。地质队的条件虽然艰苦，但和平年代比起战争年代要强多了！你在这样的环境中能学到专业技能，也能得到很好的锻炼。"有了父亲的安慰、鼓励，廖钧的心情渐渐得到修复。

日渐成熟的廖钧明白，既然自己来到了地质队，就必须无怨无悔地付出。高山无言，却给予她人生一个高度，并给了她一个宽阔的怀抱。这个怀抱里，虽然苍凉，但是更能看见其他人无法看见的风景，那是命运馈赠的浪漫与坚强。

五

廖钧忘不了，每天天不亮，他们就得披星戴月，整理好行装步行到机台；收工后回到驻地，大家伙儿倒头便呼呼大睡。那些在野外地质一线并肩作战的同事，总会被一种感情互相牵挂着，这便是同甘共苦，患难见真情。

钻探工作属重体力劳动，几乎每天都得扛钻杆，每位钻工的肩膀都被磨破过，都不同程度地受过伤。在男女混合作业的机台上，三个姑娘自然受到了男同志的呵护，她们便很少干重活。那个时代的人，思想淳朴，积极向上。受到关照的廖钧暗下决心，不能辜负大家的关心，尽可能做一些力所能及的事。

廖钧性格开朗乐观，爱画爱写，爱唱爱跳。虽然个头不高，弹跳力却很好，打篮球还是主力队员。半年过去，机长夸廖钧工作主动，比较灵活，字又写得漂亮，便安排她在钻机上做记录员。

机台上的记录簿，是最重要的原始资料。记录员得认真记录好钻进前的准备工作，几点几分到几点几分的不同进尺情况，每天打了多少米，打到了什么岩心，这些细碎的情况都要做好记录，同时在岩心上写好编号，装入专用的岩心箱。进尺是钻探或钻井的工作量指标，是钻探计划、统计、核算、定额等的一个基本项目。

为提前完成钻探任务，一名班长见廖钧年轻单纯，擅自指使她在测量岩心总长时，拉大岩心与岩心之间的距离。廖钧问班长为什么要这样做，班长说："多报几尺，我们就可以提前完成任务，就能得到领导的表扬了。"

廖钧吓了一跳：这不是弄虚作假吗？她深知谎报进尺的

严重后果，却又不敢公开违抗班长的命令，最终她还是按实际进尺记录了下来。班长见廖钧"不听话"，很不高兴，弄得廖钧不知如何是好。

**女钻工在顾问的指导下操作**

纠结了几天之后，她悄悄地把这个事告诉了和她一起参加工作的一位同学，那位同学也慌了，说："那你就按他的要求填报吧！不然他报复你、刁难你，不知会把你调到什么地方去。"廖钧不同意，说："他爱把我调哪儿就调哪儿吧，反正我自己无论如何不会谎报进尺。"然而，光嘴硬，却想不出好办法也不行啊！两人叹气后，那位同学说："唉！咱们放着好好的书不念，跑来地质队受苦，还得服从领导错误的指挥。"

两个姑娘的情绪又开始波动，既后悔，又害怕，思来想去，廖钧最终决定向正直的机长汇报这个事情。

廖钧诉说情况后，机长对班长的做法甚为恼火。廖钧胆怯地说："没有造成不可挽回的后果，不会处分班长吧？"她很担心班长报复自己。机长安慰说："小廖，你不用害怕，你就按规定摆放岩心。班长如果报复你，我给你撑腰！"机长给的定心丸，使廖钧坚定了"坚持实事求是干工作"的态度。为正风肃纪，确保钻探质量，那位班长被调离了钻机。1953年年底，在全队地质钻探专题工作调度大会上，廖钧所在的机台被评为先进机台，她个人也受到了表扬。

1955年，廖钧光荣地加入了中国共产党。

## 六

"整天处在钻机的轰鸣声中，钻工既要头脑机灵，又要眼观六路、耳听八方，及时分析判断孔内情况。说实话，从生理特点来讲，女同志真不适合在钻机上工作。"老人坦诚直言。

然而，在钻探队，当钻工是普遍现象，大家伙儿都如此啊，谁都没理由撂挑子不干啊！廖钧又说："那时的女孩，思想单纯，没有太多的花花肠子，也没那么娇气，让干啥就干啥，不能挑肥拣瘦。也不是说自己的觉悟有多高尚，那是当年最基本的职业操守啊！"

70年代成建制组建"女子三八钻"，廖钧的女儿是其中的一员，她压根儿都没想过要阻止女儿上机台。她说："印象中好像没跟女儿讲什么大道理，也说不出气吞山河的豪言壮语，只是从安全的角度，嘱咐女儿在生产中如何规避各种风险。"廖钧又说："许多事，得让年轻人自己去经历、去感悟。当妈的唠叨多了，不仅惹人烦，儿女也记不住啊。再说了，做哪一行没风险呢？总得有人去做吧！"老人说着说着，淡淡一笑。

是啊，身处险境，产生怯懦心理是人的本能，不过有些事情一转身，可能就忘了。往往是事过多年之后，回头看，今昔对比，才发现那段时光的艰苦与艰难。

地质行业有其他行业无法比拟的纯天然环境。经历了，便弥足珍贵。这一点，廖钧深有体会。她顽强、坚韧的个性就是在野外一线培养的。进入80年代，廖钧被调入大队计划科工作，她还坚持学习钻探技术。那些图纸都是她离开钻机许多年之后绘制的。直至退休，她都没离开过地质队。

听到这里，我说："如果当年您坚持读完师范再工作，可能是另一种人生。"廖阿姨点点头说："是的，但我不后悔。钻探生涯，是我人生至关重要的一个转折点。地质工作艰苦的环境，从另一个侧面让我学会了如何去接纳生活的风风雨雨。"她还说："那些留在高山、留在河流中的记忆，是每一个地质人都值得骄傲的人生印痕。"

# 五里河拉开的记忆

"1976年刚刚进入阴历九月，事先没有任何征兆，铺天盖地的大雪就簌簌落下，提前亲吻了永吉大地。那年是贼冷啊！在五里河机台，我们的手冻得邦硬邦硬的，手套又是湿漉漉的，一握那些铁家伙，哎呀妈呀，隔着手套的手都粘得咔哧咔哧疼啊！要是不戴手套，手上的皮保准给撕下来一大块。提钻的时候，泥浆、水、手套、管钳子，都和人冻成了'一家人'。大冬天，泥浆如果喷溅到人身上，立马就成了'冰泥人'。"

"你说冷吧，咱就戴帽子呗！帽子是有啊，可是，那棉帽子戴在头上，却也不敢把耳朵裹住啊！咱们钻工的耳朵，得随时听机器的声音，那是非常重要的器官哦！"

2021年中秋之前，我北上吉林市，去探访几位女钻工。

中秋之前的吉林很美，树叶五颜六色，绚丽多彩，美得端庄大气，还有几分张扬。这大概是东北一年里最绚烂的季节。

我在火车站附近一家宾馆暂住，见到了吉林省地矿局第二地质大队（以下简称"吉林二队"）的刘美华和张春吉。虽然她俩已经退休二十多年，但峥嵘岁月不是天上的浮云，而是她们真真切切的人生轨迹。她们打开记忆的匣子，用地地道道的东北话，像说相声一样，笑中有泪，给我讲了许多三十多年前零零落落的往事，把当年的钻探情景，绘声绘色地给我讲述出来。

一

故事从永吉县五里河乡秋天的一场突如其来的大雪开始，那是吉林二队"女子三八钻"野外工作的第一站。

女子，雪花。此时，这两个看似无关联的词语结伴充填着我的脑海。很多事物一旦与女人结合在一起，便有了浪漫和美好的因子。我的眼前浮现出对雪的描绘：雪花如柳絮，如棉花，如鹅毛……对白雪的描写远不止于此，雅趣的文人还给予雪诸多曼妙的称呼，譬如仙藻、银粟、冰霰、玉尘、寒酥、璇花、铅粉、素叶、凝雨、青盐、乾雨、玉妃、琼芳、玉沙、瑞白、素尘、六出、碎琼等等。

年少时，我未抵达过东北，曾多次幻想大雪天站在广袤的松辽平原，看雾凇，看冰雕，陶醉在成片成片白色精灵的包围之中……

刘美华得知我的原单位在江西，也是地质二代，便告诉我："东北的冬天是南方人无法想象的冷，就是空手在雪地里行走，都会把人冻成雪人，更别说在雪地里施工打钻了。"

的确如她所说。前些年，我邂逅了冬季的东北。抵达的那天，不见漫天飞舞的大雪，雪花已然以层层覆盖的状态安卧在地。不管穿多少衣服，站在雪地里根本抵挡不住一阵又一阵刺骨的北风，连站都站不稳，我不禁自嘲少女时的神思，虽飘摇着诗意，却夹带着幼稚。认知的差异，多半源于地域和环境的差异。我想，那些对雪的溢美，多半出自很少见雪的南方墨客之手。对于冬季持续五六个月之长的东北来说，一下雪就天凝地闭，寸步难行。

冰天雪地原本是吉林冬天与生俱来的常态，可1976年刚入秋的五里河，也不知是咋回事，提早飘降下来大雪，冻得人在工地上无处躲藏，心窝窝都疼得不行。

那会儿，全国各地都在倡导女性要排除自身的弱点，努力发展男性气质，女性被鼓励进入以前由男同志从事的重工业、重体力劳动行业。在那种特殊的环境下，不少女性经过一段时间的历练之后，敢主动跟男同志叫板、挑战，她们在不少岗位也挑起来大梁，在急、难、险、重任务面前，干起活来丝毫不逊色。

**女钻工在钻塔前合影**

有关资料显示，1964年，山西省昔阳县大寨村组建了"铁姑娘战斗队"。之后，女子高空带电作业班、女炼钢炉长、女建筑工、女子架桥班、三八女子搬运班、三八女子掘进班、女子海洋采殖班、女拖拉机手、雷锋女子民兵班、女飞行员等等妇女专业队如雨后春笋般，出现在全国各地，刺激并丰富着人们的想象。那些年，全国地勘单位开展大会战，地质队的"女子三八钻"在这种形势下应运而生。

真是时代考验人，老天爷也赶趟来考验人啊！好，来吧，所有的考验都来吧！不管怎么个冷法，只要钻探任务没完成，钻机二十四小时就不会停，队伍便不会解散，谁也不会下山回家当逃兵。即便是姑娘家，干也得干，不干也得干，流泪也必须坚持！还要想办法撑起半边天，绝不能输给"青年号"的大老爷们！她们用东北姑娘的豪气，唱着女钻工们自编的歌曲"钻机隆隆响，井架刺破天。银盔头上戴，红日照心间"，一直坚持战斗。

野外钻探，质量第一，安全至上。这些浅显的道理，大家伙儿都明白，可一旦进入工作状态，精神就总是聚焦在钻探工作上，脑子里安全的弦万一没绷紧，事故可能就鲁莽地来敲门了。

那年头，没有取暖器，更没有空调，而且钻探作业区域频繁更换，既不固定，也不是密闭的空间（即使现在，钻机上也不可能安装空调），所有的风和雨，都不经商量地在机台上来回穿梭，横冲直撞。

天冷，用得最多的驱寒取暖的办法是将空油桶一割两半，把下面一截带底的油桶支棱成烤火的炉筒，将枯树枝和木块点着，放炉筒里烧。火是点着了，可炉筒跟前热乎乎的，离开两步远，就冻得人嘶嘶哈哈、龇牙咧嘴直跺脚。东北冬天的风像是喝醉了酒，裹挟着尘埃呼哧呼哧四处乱跑。

有一次，姑娘们都下山找水去了，忘记了炉筒里还生着火，一股风袭来，火苗忽地从炉筒里蹿出来直奔钻塔，把塔衣烧了。这件事，令她们至今心有余悸。

## 二

初入机台的1976年，刘美华十八岁，张春吉十九岁，正是人生最美好的年华。和她们一起组成二队"女子三八钻"的一共十六人，经过短暂的钻探技术培训之后，抵达永吉县五里河乡钻探项目部。

20世纪70年代是思想保守、色彩单一的年代，人们不敢公开谈论和追求美，女人的着装几乎和男人一样，除了军装就是颜色淡雅的的确良衬衫和灰色卡其布外套。

上机台之前，姑娘们都梳着又黑又长的麻花辫。这是70年代唯一能展示女性秀美的标志，得蓄好几年才能齐腰长呢！然而，为了避免作业时辫子被卷入机器的安全事故，按操作规程要求，她们都把大辫子给铰了，换成了"运动头"，这让她们多有不舍和无奈。

进入11月份，五里河又迎来了一场肆无忌惮的大雪，气温骤然降至零下二三十度，草冻了，树冻了，水管也冻了……山里能冻的东西都冻上了，无一幸免。水管冻了，则直接导致钻机缺水，钻杆就没法钻进。于是青年钻、女子钻的小伙和姑娘在被大雪封锁的山上穿梭，分别捋着几十号钻机的水管，拿锤子挨个敲。嘣嘣嘣，嘣嘣嘣，他们敲响了山谷的"晨钟"。这个"晨钟"比较长，从山上一直敲到山下的水泵。

大冬天，水管里的水远远不能满足生产的需要，大家伙儿便下山去寻水源。能找着的水源，都已经结成厚厚的冰块。接下来破冰、砸冰、用开水烫，山下的水泵也得烫。冰化了，再一桶一桶往钻机上送水，每天上上下下得走好几回。

有一次，水泵坏了，修理工去维修，忽见水泵旁坐着一只浑身上下黑透了的黑瞎子，一双小眼睛正来回地滴溜溜四处张望。修理工不敢轻举妄动，手里紧紧攥着榔头，远远地与黑瞎子对峙。黑瞎子晃晃悠悠挪动了一下笨重的身体，仿佛在寻找一个最佳姿势，等着有猎物靠近。过了好一阵，兴许那黑瞎子也被大雪冻蒙圈了，终于，黑瞎子熬不住，放弃了等待，慢吞吞地走开了。等黑瞎子离开，修理工才放心地走到水泵旁。

永吉位于吉林省中部，矿产资源丰富，有原始森林。吉林二队在五里河钻探施工时，时有黑瞎子、猫头鹰、梅花鹿、香獐、松鼠等野生动物出没，机台上见得最多的当数大长虫——蛇。有经验的老钻工说蛇怕雄黄。他们在机台周围和床的周围撒上一层雄黄，以驱赶蛇。

天渐转暖。那天，刘美华正在操作升降机，忽然觉察到离合器上有个东西一抻一抻的，她下意识地偏头一看，哎呀妈呀！一条大蛇盘在离合器上，吓得刘美华赶忙把离合器关了，撒腿就跑。师傅见状，拿来了一根棍子把蛇挑走了。原来，离合器摩擦时，外壳会发热，这便给冷血动物蛇带来了温暖。

谈到蛇，张春吉也说了她的经历。有天大雨，她下晚班回来，光线灰暗，她没注意到宿舍门口盘着一条蛇，一脚踩了上去，她吓了一跳，禁不住大声喊叫。几个师傅听到叫声，急匆匆从宿舍冲了出来，操起家伙，三下五除二便把蛇打死了。随后，胆大的师傅扒掉蛇皮，熬了一锅雪白雪白的蛇汤，并叫张春吉来喝上一碗。年轻时的张春吉特别能吃，一斤面条下肚都不会觉得撑得慌。一听师傅说有好吃的，她立马端个碗就过去了。张春吉不知是蛇汤，喝了几口，连连说："好吃好吃，这汤太鲜太香了，就是肉有点硬。"师傅们哈哈大笑，告诉张春吉，她遇见的那条蛇成了她嘴里的美味佳肴，张春吉听罢恶心得哇啦哇啦全吐了。

钻探工作太费体力了，仿佛吃得再多都不饱。可是，70年代那会儿真没啥好吃的，连县城里都物资匮乏，就甭说前不着村、后不着店的山区了，加上雨雪霏霏的天气，钻探工地要确保山下的物资按时运上来，得克服多少困难！若一直这样不能下山，机台便可能面临断粮。等到天放晴，有限的物资终于翻山越岭抵达机台，大家立马带上脸盆和水桶，争先恐后去装吃的。那时，食堂里除了大白菜就是萝卜，唯一能吃上的水果是草莓。因为太长时间没见草莓的影了，几个人忍不住贪婪地把领到的草莓全吃了，结果排着队闹肚子，轮流赶趟上厕所。

正常人这样腹泻可能导致脱水，倘若是孕妇，风险就更大了。


三

当年，吉林二队女子钻有四个挺着大肚子的孕妇，刘美华是其中之一。那个年代的人思想保守含蓄，虽说肚里怀着孩子，可怀孕是女人家羞涩的事，被人问起都扭扭捏捏不好意思承认，更不可能自己开口请组织上关照。再则，70年代全国的大环境都一样，女人不娇气，不矫情，也不讲究。管他是冰天雪地，还是风雨交加，都得提前半小时到机台交接班。

就这样，准妈妈们凭着一股不服输的蛮劲，与其他人一样，认真检查钻头、上钻头；这边拉升降机，那边把钻杆卡住；爬升降梯上插销、上"蘑菇头"；该起钻起钻，该挑水挑水。就是几十吨的水泥车来了，也得用蛮劲往肩上扛一包，要么怀里抱一包，跑着碎步往搅拌机跟前送。哪怕每天累得散了架，还是一句话——该干啥就干啥，没啥条件好讲的。在机台上工作，大家最开心的就是，把一根根岩心从地下提起来，对每一根进行编录，再把它们整整齐齐放进专用岩心箱。然后运往山下，交给专业技术人员化验，分析矿藏情况。

大部分野外钻探队，从驻地到机台距离在十公里上下。那近两个小时的路程，不见行人，天天走，月月走，风里来雨里去，走得人都烦了、腻了，甚至有点绝望。加上冬天五里河的山路被大雪覆盖，途中还可能遇上危崖或隐藏的洞穴，根本无法正常走道。几个孕妇每天腆着个大肚子，一步一步地挪动，生怕脚下一滑，把腹中的孩子给摔没了。可是，如果这么慢腾腾地走下去，不仅不知何时才能抵达机台，天气太冷，大人和腹中的孩子还会有危险。身处险境，她们顾不上矜持和羞涩，索性一屁股坐在雪地上，一点一点拽着两边的树枝向下滑。那年头，她们既没想过要被人照顾，也没想过、更没条件上医院做孕检。

插队到农村，在地质队上机台，是刘美华人生中最刻骨铭心的两件事。不过，按刘美华的话来讲，当钻工比在乡下当农民更苦。在农村，至少能和老乡一样住在干打垒的房子里；而在野外钻探，风餐露宿，风里来雨里去，说走就走，居无定所。许多时候，钻机位于山峰最高处的山脊，那种艰难不言而喻，尤其是她还怀着身孕，行走不方便，干活不方便；坐也不是，站也不是，浑身上下不得劲。

刘美华有些失望地说："那会儿，也没人提醒几个孕妇注意安全，只能自己照顾自己。"

怀孕期间，刘美华有一次足足吃了四斤草莓，吃得她不停地呕吐，胆汁都快吐出来了。她都不知道自己是怎么熬过来的，万幸的是，腹中的胎儿没因此流产。从怀孕到收队，刘美华在五里河待了整整八个月，也不显肚子，直到临产前一个月才回到大队部吉林市。

20世纪70年代的医院没有B超，全凭医生的临床经验来检查判断。到了医院，医生听了听胎心音，说刘美华重度营养不良，胎儿要么可能会脑积水，要么是怪胎，吓得刘美华真想去堕胎。如果那个时候堕胎，可能危及母子的生命，还是听天由命吧！不管生下来是什么情况，咱都好好带着，谁让孩子是娘身上掉下来的肉呢？刘美华整日叹气，在惶惶不安中度日。直到双胞胎儿子出生，家人才喜出望外地说："这回好了，这回好了！一个五斤，一个五斤半，赶明，得给俩小子买两双回力鞋哦！"

说到双胞胎儿子，自然要提到刘美华和丈夫安继满的相识。安继满的父亲原沈阳军区一名军官，他从小在军营长大，家教严格，以至于他性格内向，平常话不多。当年在机台上，他是一名修理工，钻机出现机械故障，他就得到现场维修设备，时任女子钻班长的刘美华需配合安继满的工作。

这天，安继满又到女子钻修设备，哪知他用力过猛，手上冲子一下子崩到了刘美华的脑门儿上，崩出一个小窟窿眼，这把安继满给吓坏了，手忙脚乱不知该用什么给刘美华止血，刘美华却并没责怪他。

没想到，这一崩居然崩出了两个年轻人心头爱情的火花。打那会儿开始，安继满悄悄注意起漂亮的刘美华；刘美华也偷偷打量比自己大五岁的安继满：高鼻梁、大眼睛、一米八的个头，典型的东北帅小伙。而且，安继满京剧还唱得特带劲："穿林海，跨雪原，气冲霄汉——"那嗓子一亮，准保让安继满周围的哥们儿精神抖擞，更引来了刘美华爱的秋波。

当年，各野外地质队均有规定，学徒期未满的青年男女不准谈恋爱。除工作之外，不允许男钻工接近女钻工。我在别处采访时得知，为了杜绝学徒期的恋爱行为，一些分队部在男钻工与女钻工的住处之间，把岩心箱垒得高高的，做成围墙。然而，"爱和咳嗽是藏不住的"，还是有男钻工冒着不能转正、被处分的危险，冲破爱的藩篱，爬过岩心箱去和姑娘约会。

正值青春年华的安继满和刘美华，一个血气方刚，一个情窦初开，爱的潮水已灌满两人的心扉。即便是不善言辞的安继满，为了得到心爱的姑娘，他也时时关注刘美华的动向，想着法子去追求刘美华。

一天，刘美华和另一名女钻工去山下的供销社买东西，不知怎的，让安继满知道了。小伙子抑制不住内心的喜悦，骑着自行车在离刘美华不远处嘚瑟、晃悠，他想在刘美华面前好好表现一番。为了证明自己车技高超，安继满有意在一条大沟边上显摆。或许是太兴奋了，一不留神，安继满连人带车一股脑儿掉进了沟里。他浑身都是水，只能红着脸站在沟里憨憨地瞅着刘美华，把刘美华和同伴逗得哈哈大笑。

在"不爱红装爱武装"的年代，女式丁字鞋是奢侈品，是漂亮时尚的象征。为了讨姑娘欢心，安继满特意托人到长春，给刘美华买了一双丁字鞋。这一来二去，秋波暗送，两人悄悄地好上了。分队部放电影，他俩偷偷地披着一件棉大衣，紧紧依偎在一起；工闲时，两人又趁人不注意去树林里约会。结果，留在雪地里的两双脚印出卖了他们。几个顽皮的男钻工说要"破案"，一个屋一个屋地挨个观察每一个钻工的脚印。也不知是哪位高人，居然通过比对，认出了是安继满和刘美华的脚印。这对在山野中同甘共苦、相亲相爱的有情人，在那个特殊年代，幸运地赢得了大家的宽容和理解。两人回城里办了婚礼，又回到了钻探分队，老乡装农具的干打垒仓房成了他们的新房。房子不大，破破烂烂的，老鼠上蹿下跳找吃的，把他俩的枕头给啃了。

接受采访时，刘美华笑着对我说："那个时候的人真傻，我记得结婚前，安继满给我买了一辆凤凰自行车，一块大英格手表，还是男款的。我的行李是用解放牌大卡车提前拉到安继满家的。结婚那天特别冷，我爱人拎个兜子到我家，我小妹妹堵门，让安继满在门外说几句好听的话。那大冬天的，在屋外多说几句话，准得冻僵了，我赶紧让妹妹别闹了。就这样，安继满把我领出了娘家门。然后，我俩到北山走上一圈，算是旅行结婚了。到了他家，婆婆让我俩吃了一碗面条。那会儿，结婚送礼送的是肥皂盒、椅子、脸盆、暖壶，也没招待大家吃饭。"

## 四

从五里河撤场之后，吉林二队女子钻随后还去了桦甸、磐石等地。

在漂泊的岁月中，日夜飞转的钻杆，让姑娘们对地球深处产生了无限的遐想。幽静的山谷里，有耸立的钻塔，就有宝贵的矿产资源。大自然是女钻工纯天然的活动场地，这也让柔弱的姑娘们变得有胆有识、足智多谋。

机台上的工作，可以毫不夸张地说，没有一样是轻松活，那是货真价实的体力活，也是细致活。女同志虽然不如男同志力气大，但女人心细。

和"青年号"比武，是机台经常举办的活动。在劳动竞赛中，吉林二队女子钻的姑娘们十分细心、耐心、专心，每月完成的进尺均超过了"青年号"男子钻。

年过古稀的佟本仁是当年吉林二队女子钻的顾问，从女子钻的组建到1979年撤销，他一直都在机台上。他说："女子钻刚上马时，还需要顾问作指导。到了1977年，姑娘们已经能够完全独立完成钻探任务。"他至今记得，当年在一个时间紧、任务重、地层比较复杂的钻孔施工时，发生了漏水、钻孔坍塌现象，需用钻井泥浆（俗称白土粉）顶漏钻进。一袋白土粉约一百斤，姑娘们愣是咬牙背完了两吨白土粉，才堵住了钻孔的漏水，顺利终孔。

佟本仁还记得，1977年，女子钻在磐石共打了十来个孔，完成进尺四千米左右，提前超额完成了任务，受到吉林省地质局（今吉林省地矿局）的表彰。

野外作业提升了姑娘们的适应能力，也培养了她们的乐观态度。渐渐地，她们还能识别众多花草树木。一位女钻工说，东北山上的宝贝可不少，工作之余上山采蘑菇、拔芦笋；累了困了，要么学鸡叫，要么坐在山上唱《沂蒙颂》《英雄赞歌》……

山区地形复杂，时常遭遇强对流天气，雷电频发。有一次，刚进入一个新的钻探区域，工作尚处准备状态，还没来得及安装避雷针，忽然一声响雷从天而降，一个火球直接劈进机台，把正在配电盘旁作业的几名女钻工瞬间就弹出去了，所幸没有造成人员伤亡事故。为了按期开钻，确保大家的安全，机长张春吉壮着胆子爬上了二十三米多高的钻塔，竖起了避雷针。

时代锻造人。那年头虽然艰苦，可大家干活都不讲条件，没有谁挑肥拣瘦，工作脏点累点都不在话下。张春吉说，实际上，真正掌握钻探技艺、能够处理各种事故才是一个合格的钻工需要具备的素质。

野外钻探作业因环境、人员、设备等制约，存在诸多不确定因素，而且地下的情况仅凭肉眼是看不见的，全凭经验判断。譬如，根据钻进声音和水量大小来判断钻孔内是否有异常等等，一旦遇上塌孔或烧钻等机械事故得及时处理。

在机台处理事故虽然麻烦，但最辛苦、最艰难的工作当数搬家，这几乎是钻探人员的共识。地质员在哪里布孔，钻探员就得把钻机从这座山搬到那座山。钻塔拆了又建，建了又拆。施工区域往往没有汽车道，所有设备无论大小，全靠人工拖拽搬运。

钻探工作，苦是不言而喻的，可乐趣也往往隐藏在艰苦之中。

不少女钻工事后都说，在地质队没上过钻机，没出过野外，那不能算一个真正合格的地质人。年轻的时候我们经历过这一切，以后无论遇到什么样的挫折，都觉得没什么大不了的。

槽探是为了观察地质现象和采集岩、矿样，而在地表挖掘的一种槽形坑道。东北的冬天下午四点多就麻麻黑了，上夜班的钻工得提前两个小时步行到机台。这天，女钻工们结伴快到机台时，点点星光已隐约挂上天幕。她们没注意到迎面走过来的男钻工小王。小王招呼了一声，结果吓得她们脚下一滑，掉进了槽探里，好半天才爬上来。

70年代的路况普遍不好，城里都很少有柏油路，乡下的路到处坑坑洼洼就不足为怪了。更何况是矿区，从驻地到工地，全是沙子路。当年，地质队有个不成文的规定，凡是来地质队跑野外的人员，不仅得能双脚走长路，还得会骑自行车。不过，当年永久牌、凤凰牌自行车太难买了，得凭专门的票（券）购买。那会儿，每人每年只发一张票（券），要等上好些年才能买到。

一次，分队部通知刘美华尽早赶到机台。她骑上自行车准备上路，旁边一个女钻工不乐意了，赌气说："哦，你当班长可以骑车，让我们光手走道？"刘美华停下车说："那你来骑，我走道。"骑了一段路后，那位女钻工有些不好意思，停下来说要载刘美华。那是一辆手刹自行车，不适合在山区骑行，因为山区得用脚刹自行车，而那位女钻工不会用手刹。在过一个岭时，遇到一个"胳膊肘弯"，那位女钻工站起来踩刹车，结果刹车失灵，车像飞起来一样，两个人便从岭上蹿下去了。刘美华一看不好，沟里有一根很粗的水泥管，万一撞上水泥管，后果不堪设想。刘美华赶紧抓住同伴的胳膊肘子啪地一拧，两人摔到沙子路上，半天起不来，两人的安全帽被摔到沙子路那边去了，自行车的辘轳也变形了，脸也蹭破了，肉里全是沙子，两人一瘸一拐走到机台，没有掉眼泪，像极了从战场上下来的受伤的女兵。

## 五

听完两位女钻工的讲述，我们从宾馆出来，去了吉林二队大队部。站在机关大楼侧门前，我希望在这里能遇上当年的老钻探、老地质，能从更多的知情人那里再探访一些更为有价值的佐证材料，比如女子钻所承接的项目名称，女子钻完成的总产值、总进尺，等等。夜灯亮了，楼里的人们早已下班回家，我不便去打扰他们。而且，采访时正值新冠病毒感染封控期，我只能在吉林作短暂的停留。

曾经的数据可以从一个侧面验证历史，它们凝结着岁月的斑驳。盘点地质工作，那些献出青春甚至生命的地质人不怕牺牲、甘于奉献的精神，才是地质事业最重要、最丰富的内核。他们的行囊里，有日月星辰，有雨雪风霜，有乡野赋予的热情与淳朴。

# 多宝山的蹉跎岁月

  2021年，我在北京工作，正值新冠病毒感染期间。我需要外出采访，可是出京有严格要求。同一时期，黑龙江的李梅不在齐齐哈尔，也在北京，在大兴带外孙女。本来我发愁如何去黑龙江，如何见到李梅。眼下，我俩同在北京，许多问题很自然地迎刃而解。我给李梅打电话，约好采访时间和地点。我乘地铁从海淀区到大兴区，再换乘公交坐了几站，我们在某个休闲广场的茶楼见面了。

  之前，我和李梅是完全不认识的。她是黑龙江的地质二代，我是江西的地质二代。我们都是在统称"地质大院"的环境中长大，对地质队怀有深厚的感情。于是，我俩一见面，很快就消除了生疏感。

  李梅比我年长，20世纪50年代出生，个头不高，说东北话，声音洪亮，中气很足，美声唱法非常专业。

得知我要写70年代的女钻工，李梅的激动溢于言表。

我们要了两杯饮料，她从包里小心翼翼地拿出了一张长卷黑白照片。这张照片，在我办公室的资料柜里也藏有一张。我在其他省采访时，不少女钻工也不约而同提起这张黑白照片。我理解并明白，那是这一代女钻工最为之自豪的收藏品。照片拍摄于1977年，是全国工业学大庆表彰大会的纪念照。李梅作为优秀女机长代表，受到了国家主席的亲切接见，这成为她一生最珍贵的回忆。会议结束后，单位特意租了大客车上嫩江火车站，敲锣打鼓迎接她。

十多年前，她退休之后，去上老年大学，新结识的朋友得知她当过机长，对她刮目相看，无不佩服地说："您可了不得，女机长啊！您驾驶的航班是哪儿飞哪儿的啊？"李梅忍俊不禁，说："那可不是！我们的'航班'全是'女飞行员'，全国各地到处飞。"经解释，大家才得知，李梅曾是地质队"女子三八钻"的机长。蹉跎岁月里，她带领娘子军在荒无人烟的多宝山寻找矿藏，留下了诸多难忘的故事。

一

嫩江市，清朝时期称墨尔根，汉语的意思是"善于打猎的人"，是清代东北边疆著名的"边外七镇"之一。

多宝山镇，全境在嫩江上游左岸低山丘陵区，嫩江北部，大小兴安岭结合部，经常发生霜冻等自然灾害。正如它的名字一样，多宝山是黑龙江的一块宝地，境内有多宝山铜矿、黑宝山煤矿等。其地名因矿产资源储量大、品位高而来，目前已探明矿产三十八种，仅金属铜就占全省资源储量的百分之九十三，全国排名第三位，被地质部门誉为"地质摇篮""矿产之乡"。

1974年，全国地勘单位展开了多部门、多工种、多技术手段协同作战的大会战，规模和声势浩大。黑龙江省地质局在多宝山开展铜矿勘探大会战，原黑龙江省地质局第四地质大队（以下简称"原四队"，现黑龙江省齐齐哈尔矿产勘查开发总院）安排十八台钻机上马（含十七台"青年号"，一台"女子三八钻"）。"女子三八钻"是按当时的现实要求，并解决女青年的就业问题而组建的，由二十一岁的李梅出任机长。此时的李梅已经在机台工作了三年。

李梅最初在机台工作的1971年，黑龙江地质局还没有成建制的女子钻井队。她从建设兵团回地质队之后到了野外分队，被安排在"青年号"机台做勤杂工，也就是给男钻工打打下手，递个扳手，清扫清扫工作台，不用干重活。那三年，对李梅来说并没有觉得多艰苦，倒是有几分浪漫有趣。

1971年元旦刚过，十七岁的李梅来到了龙江县的矿区。离开城市到山区，从校园奔赴野外，环境、群体的骤然转换，让懵懵懂懂的李梅有些迷茫。不过，帐篷里可真暖和呀！一个大铁水桶端坐在大炉子上，咕咕咕咕直吐热气，狭小的帐篷里弥漫着从未有过的诱人香味，李梅稚嫩的脸上绽放出天真好奇的神色。师傅笑了，故作神秘地说："一会儿请你们吃狍子肉，这可是地道的野味儿呀！"

钻探工作，每年都是年初冒着零下三十多摄氏度的严寒出队，然后又在年尾寒冬腊月收队。那年，大家伙儿刚安顿下来没过几天，就到了春节，队里只放七天假。一部分职工回家，一部分留下来，在山上守班。

龙江离原四队大队部所在地齐齐哈尔有二百多公里，当年路况不好，没有直达班车，最好的车是北京吉普。李梅晕车，想着在崎岖不平的山路上乘车，难免要翻江倒海呕吐，在家待不上几天，又得颠颠簸簸回矿区，她便没有回家，和另一个姑娘崔凤住在同一顶帐篷里。除夕的晚上，俩丫头生了一炉火，烧得帐篷里热乎乎的。她俩舒舒服服洗了个热水澡，惬意地盘腿坐在床上，玩起了扑克牌。年轻时真是不知愁滋味，她俩非但没觉得寂寞，反而陶醉在眼前这无拘无束、自由自在的野外生活之中，完全忘了山下千家万户正团团圆圆过大年。大年初一早上，俩丫头来到食堂，几位老师傅冲她们直乐。一问才知道，师傅们担心她们想家哭鼻子，昨晚悄悄在她们的帐篷外听动静呢！没想到，俩丫头片子把想家这档子事抛在了脑后。

那三年，她认识了离合器、"蘑菇头"；明白了泥浆的作用；懂得了什么是回次进尺；明白了一个钻头所钻的总深度称钻头进尺；学习了取岩心的方法，学会了安装高压管线；等等。

1974年，正遇上地质队钻探技术革新。赴多宝山之前，大队部便派她和另外几名女钻工到北京101地质队学习金刚石钻探技术。想到自己将成为"女子三八钻"的机长，李梅心中充满了滚烫的激情，决心带领姑娘们在广阔天地里有一番作为。

李梅的父亲心里却不踏实，他是新中国第一代地质人，深知钻探工作不仅艰苦，还有诸多不可预见性。尽管李梅在野外工作了三年，但那会儿机台上以男同志为主，一两个女青年穿插其中，大部分时间只做记录等辅助性工作，体力上的重活和技术上的难题，都是男钻工去解决，能得到男同志不少照顾。如今，让成年不久、稚气未脱的丫头挑大梁，整天去做男人干的活，李父担心会有一大堆困难等着李梅和她带领的姑娘们。李父找到队领导说："李梅自己还是个孩子，让她领着二十六个女娃娃上无人区打钻，能行吗？"根据李梅在机台上的现实表现，队领导充分肯定了李梅的组织领导才能，并说，如果工作拿不下来，现场还有几位经验丰富的男顾问作指导，让李父尽管放心。李父将信将疑。他想，既然组织上决定了，就执行服从吧。出发前，他叮嘱女儿，年龄太小，不要在机台找对象、谈恋爱，未来的路还很长。

## 二

在"女子三八钻"工作四五年，李梅的确遵从父亲的叮嘱，没有谈恋爱。不过，李父对于女儿在野外工作的担心，还是有一定的道理。毕竟，成天和机器设备打交道，又是在荒郊野，大大小小的安全事故在所难免。那时的安全设施不比现在，设备没那么先进，每次上钻，大家伙儿都感觉脑袋别在裤腰带上，随时随处都存在险情。比如，提钻时手被钻机的扳子打中，帐篷被大风吹垮，都是常有的事。只要是在野外一线长时间工作，可以说，几乎所有钻工的身上都留有大大小小的伤疤。那是岁月对他们的馈赠，见证了他们在地质工作中付出的艰苦劳动。

李梅对我说，在地质行业，探矿人有一种说法，叫"越是老手越胆小，干得越久越谨慎"。在机台上经历了许多事情之后，她才真正明白，为什么父亲不让自己在机台上找对象。那真是提心吊胆啊！一旦两个人有了感情，结了婚、成了家，万一哪天对方出了安全事故，得给这个家造成多大的创伤啊！她这一说，我也恍然大悟。在地质队担任团委书记时，不少职工经常向我反映钻探工人找不到老婆，说要组织出面帮助解决大龄青年钻工的婚姻问题。原来，并不是我们的钻工不优秀，实在是工作太危险啊！

一个雨天，机台搬入一个新工地。开钻前，李梅去发动

黑龙江部分女钻工

柴油机。柴油机点着了，可她脚下一滑，重重地摔倒在传动带上，脸上顿时被剐出两个大口子，骨头都露了出来，把在场的姐妹们吓哭了。李梅却麻木了，全然感觉不到痛。到了晚上，她的脸肿得老大，眼睛看不见东西，也吃不下饭，她这才感到疼痛无比。大家伙儿赶忙叫来随队医生，生怕李梅落下后遗症。医生仔细查看了李梅的伤口，进行了包扎。那时的医疗条件虽然非常简陋，但地质队的医生有不少是从部队转业的军医，他们医术高超，责任心强。过了一段时间后，李梅的伤口痊愈了。医生放心地安慰李梅说："幸好没落下疤痕，还能找着对象。"

逃过了差点被毁容的一劫，李梅又经历了多次危险，让她至今心有余悸的是雪地卸车。

辽宁作家宋晓杰曾在一篇评论文章中，对雪有这样一段描述："我一边写着这篇文字，一边在心里隐隐地埋怨这个冬天没有下过一场正经的雪。""如果一个冬天没有雪，对北方的土地和北方人来说，同样饥渴！乡土、村庄、雪，已成为精神的对应物，成为生命之'水'，须臾不可分。"这是富有罗曼蒂克情调的文学家笔下的雪。而对于黑龙江的地质队员来讲，冬季长达五六个月，雪天施工，会遭遇诸多意外和困难。

那年大年初五，解放牌大货车载着满满一车的钻杆到达工地，大家爬上车准备卸钻杆。由于路面打滑，汽车爬坡时陷入一米厚的雪地中。李梅让大家赶紧从车上下来，她在车后指挥。一不留神，她脚下一滑，一个趔趄摔倒了。这时大货车已从雪坑里开出来了，正向后倒车。李梅挣扎着用尽全力往路边躲闪，车轮差点从她的腿上碾过去。万幸的是，李梅的腿当时已滚到路边，她的腿完好无损，没有受伤。

三

从嫩江到多宝山有一百六十多公里的路程。在地质队，项目没有结束就不能收队；没有特殊原因，职工不能离开地质队。为此，一线职工每年平均在野外工作的天数超过了两百天。姑娘们在矿区目睹了嫩叶从枝丫间钻出来，又从枝头上纷纷飘落的全过程，却淡忘了城里的春夏秋冬是什么颜色，有着怎样热闹的景象。

1974年，金刚石小口径钻进技术在多宝山正式投入试验。经过一段时间的培训，姑娘们业务熟悉了，可以通过钻进的声音来判断岩层特性了，还掌握了独立处理卡钻、钻杆折断等问题的本领。

冰雪未融，寒气未减，正月十五准时开钻。初出茅庐的姑娘们一说到金刚石，脑海里即刻闪现出"金贵"二字。在钻进时，大家伙儿自然小心谨慎。夜班凌晨两三点钟的时候，人特别容易犯困，她们强迫自己打起精神，目不转睛，生怕稍有闪失，把钻头给烧坏了。

如今七十多岁的周秀兰说："多宝山的冬天比哈尔滨更冷，冷的时间更长，四处都弥漫着阴森森的寒气，冻得手脚都不听使唤，姑娘们只能把双脚放进有热水的循环箱中取暖。"

**大会战场景2**

周秀兰至今记得，有一年年末机台已完成钻进任务，化验工作还没结束，分队部就派她等几个女钻工到化验室增援。夜里，她们点了一炉火，然后在帐篷上抠了个洞，把烟管伸到外面去。或许是炉筒太热了，黄口孺子的丫头们缺乏生活经验，当晚不知怎么就着火了。起初周秀兰闻到了烟味，以为是炉子正常出烟，就没在意。不一会儿，满帐篷烟雾腾腾的，熏得眼睛都睁不开了，火苗噌地就蹿了出来，帐篷里的东西瞬间就被点着了。她们被这突如其来的阵势给吓蒙了，傻傻的不知道该往外跑，在帐篷里声嘶力竭地喊："着火了！着火了！快来人哪，救命啊！"听到喊叫，男男女女拿着装满水的脸盆和桶子，从帐篷里急匆匆跑了出来。等到把火扑灭，周秀兰和同伴才发现自己只穿了背心和线裤，羞得她俩恨不得找地缝钻进去，感觉这一生的脸都在那天丢尽了。

大雪给钻探工作带来了诸多不便，从天而降的雨水同样令人尴尬。一下雨，帐篷里便灌满了水，鞋子、盆子、桶子等物品都成了"玩具小船"，在水里飘摇。工作区域四周都是黏泥，大家穿的登山鞋粘上了厚厚的黏土，仿佛个个都穿着笨重的高跟鞋。如果雨季时间长，登山鞋十天半个月可能都脱不下来。待初春小草冒出新芽时，姑娘们便上旁边的草地"嘎一嘎"，能"嘎下"一大堆泥。工作区是见不着黏泥的，不仅仅是因女孩讲卫生、爱整洁，还因为如果没把地板冲干净，稍不留神踩上去，就可能打刺溜而摔伤。因此，收工进帐篷前，她们会在门口放一把铁锹，把脚上的泥嘎干净了进屋，再换自己的鞋。

那些年，人们的思想陈旧、保守，而且，野外作业对衣着也有严格要求。无论男女，大家穿的是大队统一采购来的工作服、登山鞋，没大小码之分。个头瘦小的丫头穿上工作服，那模样就滑稽了，就像唱古装戏的，空空荡荡。小脚穿上大鞋子好比穿了一只小船。咋办？不合适就在腰间系上皮带，然后把安全帽戴上。哈！唱戏的霎时变成了精神抖擞的女兵。但是衣服和鞋子穿了没几天，就都被机台上的泥浆、机油弄得脏兮兮的。那也得穿！没法子，姑娘们只好把爱美的小心思悄悄藏起来。

上班大约三个礼拜之后，通常能赶上一个休息日，她们在这一天会脱下工装，兴高采烈地从箱子里找出自己好看的衣服和心爱的鞋子，结伴上山。漫山遍野的山杏、达子香、野菊花、野芍药，像是等待了姑娘们多时，在阳光下婀娜摇曳，任她们放肆地疯啊、笑啊，尽情撒欢儿。有条件的，还能用海鸥相机拍几张黑白相片。她们摘了些花儿放到帐篷里，娇小的花蕊顿时让狭小的空间变得生机勃勃。山里还有带白霜的都柿（即蓝莓），放点白糖拌一拌，酸酸甜甜的味道煞是醉人。师傅见她们吃蓝莓停不下来，就告诫说："那玩意不能多吃，它像酒一样，吃多了真的会醉，会晕，还可能闹肚子。"

## 四

70年代，野外地质工作卫生条件差，工作环境差。很多驻地没有电，大家只能点着蜡烛看书、写信。更烦人的是四周成群结队的蚊虫，不容商量，追着人亲热，让人无处躲藏。几乎每个钻工都被大瞎蒙（牛虻）蜇伤过。因此，不管夏天多热，工人们都得穿得严严实实，裤脚用绳子扎个结，要不然身上被叮得到处都是又疼又痒的包。黄色、带花纹的大瞎蒙还会直接往人的皮肤里钻，吸人的血。男钻工会用烟头去烫大瞎蒙，还真管用。女钻工不吸烟，如果被大瞎蒙叮了，就朝男同事借香烟。让人难堪的是，有时叮在隐私部位，女孩子家就不好意思找男同志了。

在野外工作，大白天还能经常看见狍子来回跑，蛇在地上游。刚开始姑娘们挺害怕，时间长了，便习以为常，见怪不怪，胆子渐渐大起来。她们会用夹子夹住小一点的小蛇，直接扔出去。帐篷说是给钻工们住，实际上经常有耗子来和她们"争地盘"。大的耗子有半尺多长，脏兮兮的，胆大得很，晚上还会往床上跑，把床撞得砰砰响，能把人震醒。有一次，刘雅贤的脚被耗子咬了一个三角形的小口，流了很多血，吓得她大声尖叫。我清晰地记得，我所在的南方地质队，在70年代的时候，就有野外一线的职工因患出血热去世的例子。

万幸的是，咬刘雅贤的耗子没有携带汉坦病毒，她上卫生所简单消了消毒，用了些消炎药，不久后伤口就痊愈了。

野外工作太单调、寂寞了，平日里使人生厌的尖嘴猴腮的耗子，有时也让大家觉得有趣。韩秀莲回忆说，那天大家忙完上下钻的准备工作，正打算休息，一只胖乎乎、脊背长着一道黑毛的灰色耗子旁若无人地跑进了机台。兴许它从来没见过荒野里的钻探设备，便好奇地瞪着一双亮晶晶的小眼睛，东瞅瞅，西望望。大家看到这个不速之客，忘记了工作的疲惫，瞬间来了精神，一心想抓住它，为刘雅贤报仇。于是，姑娘们关上门，边喊边撵，吓得耗子四处逃窜。刚巧这时有人打开炉门，准备添样子，被追得晕头转向的耗子稀里糊涂地朝着通红的炉火跑去。顿时，耗子被大火烤得吱吱拼命叫唤，这让大家起了怜悯之心，连忙用钩子去钩它，想把它从炉中救出来。然而，事与愿违，越是拉它，它越往里钻。一只小耗子就这样结束了它的生命，这件事使善良的丫头们增添了莫名的惆怅。

勘探工区的路上有一片森林，起初去机台没有路，钻工们每天上下班，硬生生踩出了一条小路。夏天，小草和树木茂盛起来，便把路给遮住了，周围有什么动物都发现不了。等到能听见声音时，某种动物可能就在身边，危险也就越近了。那时候，经常遇到蛇和狼。

刚组建"女子三八钻"那年，大家伙儿在多宝山西沟施工。西沟，是名副其实的塔头沟，到处是没膝深的塔头墩子（即塔头甸子）。塔头墩子是存在了千年甚至数万年的一种不可再生的天然植物"化石"，一大片在一起构成沼泽湿地。塔墩之间有浅浅的水洼，倘若一脚没踩准，就会掉下去。不仅水靴会灌满水，有时整个人都会栽进水洼，弄得半个身子都是泥水。如果上夜班就更惨了，衣服弄湿了不能换，只能硬撑着。毕竟黑灯瞎火，没有一个姑娘敢一个人回到住处换衣服，据说西沟有狼。白天还好，狼听见钻机轰鸣声不敢靠近。待机台处理事故时，晚上得派几个人去守班，狼就在离机台不远处嗷嗷叫，吓得丫头们魂不守舍。

一次零点班，大家伙儿正在钻机附近作业，突然，传来一阵清晰的哭声，像人哭又不像人，听得人浑身起鸡皮疙瘩，瘆得慌。几个姑娘扔下盆，撒腿就往钻塔里跑。她们抱成一团，有的吓哭了。愣了半分钟，她们才想起得赶紧把门堵上。于是，大家飞快却又蹑手蹑脚地把所有能搬得动的东西都堵在门边，生怕弄出声响让狼听见了。随后，一个个爬到塔上，屏住呼吸，两眼紧盯着门口，心里想着：万一狼把门撞开了怎么办……那一刻，姑娘们不停地小声哀叹，祈祷自己千万别被狼吃了。是啊，要是不来多宝山，这些二十岁上下的丫头，或许还可以安安心心躺在家里，在温暖的被窝里做美梦；还能在父母面前任任性、撒撒娇。可此时，狼却在钻塔外虎视眈眈……就这样，她们紧张了大半夜，也胡思乱想了大半夜，直到天亮才敢从塔上下来。

第二天，整个矿区都知道"狼来了"。保卫科的同志赶紧带上枪，一连跟了三四个零点班，却没再听到狼叫，兴许是狼闻着火药味吓跑了。打那以后，姑娘们也总结出了一些经验：夜里走道备好手电筒、火柴，手里提着木棍。

一次零点班，主动钻杆出了问题。为抢抓生产时间，需连夜将主动钻杆送到车间车螺丝扣。韩秀莲和另一位女钻工肩扛几十公斤重的60钻杆，深夜走在林间小道上，听着远处动物的吼叫，吓得心里直突突。为了壮胆，俩姑娘索性故意大声说话，还唱起跑了调的歌。


五

原四队"女子三八钻"的钻工多数来自齐齐哈尔，还有哈尔滨、北京、上海姑娘。

一方水土养一方人。二十多个来自不同地方、性格各异的女孩要长时间住在一起、吃在一起、工作在一起，她们面临的不仅是野外环境的考验，还有生活习性上的诸多差异。

有些女钻工是从农村招工来的。告别了黄土的农村丫头说："来到地质队，感觉和农村大不一样。在农村，几乎每人每天都得下地干农活，一干就是大半天，要十几个小时呢！而在地质队的钻机上，每天工作八个小时，还有工资，太令人满意了。"从地质大院来的丫头，则不太习惯住帐篷。

轰鸣的钻机声，还有柴油浓浓的气味，使郑艳华感到反胃，经常呕吐。她对机长李梅说："我怎么吐的全是柴油啊，好恶心，满嘴都是柴油味。"李梅风趣地说："你要是能吐柴油就好了，我们就省了买柴油的钱了。"

回首往事，郑艳华说她有"三怕""一难忘"。

一是怕上塔顶。郑艳华来自哈尔滨，长得漂亮，舞跳得好，在女钻工中年龄最小。姐姐们都说她是一个娇娇弱弱的小女孩。她比其他人来得晚，于是安排她和班长周秀兰一个班。有一次，郑艳华上塔顶拧钻杆。开始，她想知道自己到底能爬多高，便战战兢兢一边往上爬，一边胆怯地瞅着塔下的周秀兰，手脚不停地打哆嗦。周秀兰见状，便问郑艳华是不是害怕。郑艳华委屈地说自己血压低、血糖低，还有恐高症。周秀兰听罢，赶紧让她下来。柔弱的郑艳华却心有不甘，不想留下"胆小鬼"的印象。周秀兰就带着她一点一点、一段一段向上爬，终于爬到了塔顶。

二是怕夜里走山路。在野外地质队，有这样一种说法：走在最前面，怕第一个踩到蛇；走第二、第三吧，又担心第一个惊动了蛇，不咬第一个，而去咬第二、第三个；走在最后的又怕狼，据说狼最爱偷袭最后一个人，前爪搭人肩，待人一回头，狼就咬人的脖子。

寒冷的冬天，大雪没过了膝盖，每走一步都异常艰难。更何况，从驻地到机台，还得走四五十分钟的山路，路上黑魆魆的。北风的呼啸声像野兽在发威，刮在脸上，像刀割一样又冷又疼，这令郑艳华感到痛苦。李梅和周秀兰便商量，每回上班，把郑艳华安排在中间走，前面两个、后面三个女钻工保护她。即使这样，无法名状的恐惧还是令郑艳华浑身战栗。她想，如果路上遇到坏人和狼，就凭咱几个丫头片子，能斗得过吗？我们就是哭破嗓子，也没人能听见啊！

三是怕上零点班。那年头，真叫苦啊！姑娘们除了上班就是学习，每天都睡不安稳。不少人因为长期熬夜，导致眼睛周围的毛细血管破裂，长出了"熊猫眼"。大家伙儿也从来没想过上零点班是否能给夜班费，只要人员不出安全事故，就是最大的幸运了。钻机只要一开钻，二十四小时便不能停止工作，最难熬的是夜间零点到早上8点。轮到郑艳华上零点班，她就犯愁了：白天工作没法好好休息，夜里也没法睡，有时站着站着就睡着了。"这样的日子，什么时候能熬到头啊？"郑艳华想想，就暗自流泪。由于长期处于生活不规律的状况，她感到整天晕沉沉的，身体非常难受。大家怕她出事，调整了班次，不再安排郑艳华上零点班。

郑艳华思想虽有波动，但得到了大家的理解和照顾，她在工作上还是暗暗跟自己较劲。渐渐地，她学会了如何定孔位、下钻、固定井位、取岩心，以及怎样寻找适合的岩层、提钻。这些，周秀兰都看在眼里。

在多宝山进行金刚石钻进试验的消息，得到了时任黑龙江省委书记陈剑飞的高度重视。一天，他来到了多宝山，到"女子三八钻"看望慰问女钻工们。一听说省委书记来了，姑娘们十分激动。那天上班，周秀兰对郑艳华说："你来提钻。"要"三怕"的郑艳华提钻，旁人都瞪大了眼睛，郑艳华更是既忐忑又感动：她在女钻工中最年轻，又是新手。班长把提钻的工作交给自己，既是鼓励，更是信任。那日，在省委书记期待的目光下，众姐妹齐心协力，顺利地提上来一根一米多长的岩心。

韩秀莲赴多宝山之前，被安排在炊事班工作。为了能上机台，她与炊事班的另一位姐妹到劳资科找领导，请求上机台工作。劳资科领导不同意，她俩每天下班后就去磨嘴皮。经不起俩丫头的软磨硬泡，劳资科领导终于答应了她们的请求。

第一次操纵升降机上下钻，韩秀莲眼见钻杆从几百米深的钻孔里提出来，一根根岩心摆在地面，她激动的心也提到了嗓子眼。或许太激动了，下钻时没有掌控好速度，钻具掉进了钻孔。这可把韩秀莲吓着了，生怕造成孔内事故，影响生产进度。班长见状，走过来稳定韩秀莲的情绪，指导她继续下钻。当钻具下到预定深度，班长合上主动钻杆，轻轻地上下活动，开动钻机，将上面的钻杆连接到下面的钻具，钻机很快就恢复正常了。韩秀莲的担心不存在了。打那以后，她细心观察、琢磨班长操作的每个细节，渐渐地可以熟练地独自操作了。

## 六

20世纪70年代，淳朴的人们往往忽略个人得失，把集体荣誉放在重要位置。

与韩秀莲一同上多宝山的一名女钻工，结婚怀孕后仍在机台上班。她不好意思请假，因上山砍木杆搭帐篷，累得不幸流产了。韩秀莲和她住一个帐篷，床挨着床。同伴流产时痛苦的样子，至今深深印在她的脑海中。那时，她们都年轻，不知道怀孕的女人需要得到特别的关照。韩秀莲端着装有鲜红血液和幼胎的盆子，束手无策，手和心都在颤抖。晚上，她抱着同伴默默泪流。不久，又有一名女钻工因繁重的体力劳动而流产。之后李梅心疼地埋怨她俩，为什么不把怀孕的事告诉她。俩姑娘说，机台人手不多，她们不想离开机台，不想当逃兵。

李梅在接受我的采访时说，原四队"女子三八钻"最初上机台是二十六人，因工作调动等原因，前后共有六十多名女钻工在机台工作过。尽管钻探任务比较多，气候恶劣，姑娘们却练就了一身韧劲和拼劲。"女子三八钻"成立的第一年，便超额完成任务，被评为地质部先进单位。从1974年成立到1980年，她们率先在多宝山矿区创出年进尺两千六百米的新纪录，总进尺一万多米，钻孔近两百个。

著名作家梁晓声在小说《今夜有暴风雪》的开篇提到知识青年大返城时所必经的"嫩江火车站"，就位于嫩江。与李梅同龄的地质二代，既是梁晓声笔下的知青，也是地质队的知青和子弟兵。那段不可复制的蹉跎岁月，有泪水，有喜悦，有追求。它们交织在一代人的青春记忆中，也将随着岁月的河流越漂越远。

# 西双版纳的小马灯

一

一束微弱的光，在小马灯的玻璃罩里晃晃悠悠，让狭小、简陋、低矮的帐篷忽明忽暗。帐篷内，几个十八九岁的姑娘借助小马灯的光亮，或看书，或织毛衣，或洗衣裳。

这边，三两个将要上零点班的姑娘倒在床上睡觉，发出轻微的鼾声。那边，俩丫头窃窃私语，相互吐露青春少女的小心思和小秘密，时不时嗤嗤地低笑，忽然扑哧一下，变成了哈哈大笑，震得小马灯颤颤巍巍，像要侧倒。

机长侧头望着她俩，把食指放在嘴前，做了个"嘘——"的手势，提醒她俩压低声音，别惊扰了即将上零点班的同伴。

帐篷外，白天，此起彼伏的虫啾鸟鸣营造了一个森林童

·135·

话；到了夜里，它们也都收队安歇了。

谁会闪现在这些小精灵的梦里呢？筑在枝头的鸟巢，经得住风雨的侵袭吗？

躺在床上的颜小雪，睁着一双水汪汪的大眼睛，仿佛在为林中虫鸟的命运担忧，更在思考自己明日的抉择。她想起床，让自己无遮无拦地置身于浩渺的星空之下。然而，黑灯瞎火的幽静旷野让她不敢走出去，只能怅惘地望着黢黑的帐篷顶，在床上翻来覆去"烙烧饼"。耳畔小马灯发出毕毕剥剥的声响，让她怎么也睡不着。

来西双版纳之前，颜小雪和其他姑娘一样，脑子里充满了对野外地质工作美好的梦想和憧憬——

是那山谷的风，吹动了我们的红旗。
是那狂暴的雨，洗刷了我们的帐篷。
我们有火焰般的热情，
战胜了一切疲劳和寒冷。
背起了我们的行装，
攀上了层层的山峰，
我们满怀无限的希望，
为祖国寻找出丰富的矿藏。

这首《勘探队员之歌》，几乎每天都会从地质大院的高音喇叭里传出。还在读中学时，颜小雪便多次遇见不少背地质包、拿地质锤的地质技术员，在大院里一边走，一边哼唱这首歌。年少的小雪尚不能听懂歌里究竟唱的是什么，她很想知道地质包里装着什么，那些穿工作服的叔叔为什么都喜欢唱这首歌。

教室里，几个同学"变魔术"，今天大虎手里变出几个酸角、甜角；过个十天半个月，阿鹏手里又攥着三五个小鸡枞果、野柿子，在同学面前显摆；又过了一个月，藤梨子、番荔枝会忽然从大毛的裤兜里钻出来……每到这个时候，大虎、阿鹏、大毛总是嘴角上扬，得意地在班上大声宣布：他们的爸爸在野外工作了大半年，终于可以回家休息几天了！那些野果子，就是爸爸在深山老林里摘回来的。

爸爸在大山里工作，还能摘回来许多野果子，这在物资稀缺的六七十年代，博得了那些来自"地方上"的孩子的啧啧称道（地质人称自己是"单位上的人"，称地质之外的人为"地方上的人"）。

起先，同学们纳闷，每回上大虎家玩耍，为什么都不见大虎他爹，只有梳着"包菜头"的大虎娘穿着浅蓝色卡其布衣裳，手腕上套着一对花布袖套，一个人在家忙前忙后。到其他孩子家串门，发现阿鹏、大毛、大龙、阿珍、阿明、小云、美香、玉兰、秀英、阿林等小伙伴，他们家也都是只见其娘，未见其爹。吃了那些野果子，同学们才知道，那些小伙伴的爸爸是地质队员，他们像战斗片里的游击队员一样，蹚水过河、翻山越岭，常年在没有人烟的山里穿梭勘探，寻找宝藏。

同学们一边咂巴咂巴小嘴，分享吃野果的快乐，一边围着大虎、阿鹏和大毛说："你们的爸爸为啥在山里找宝藏？那些宝藏是做什么用的？""我们连苹果都难得吃上一回，你们却可以吃到酸酸甜甜、又香又脆的新鲜野果子，你们的爸爸好神气、好威风呀，太了不起了！"

爸爸们究竟在野外找什么宝藏，其实愣头愣脑的大虎他们根本不清楚。

颜小雪的爸爸也是地质队员，她在家听妈妈讲，爸爸早年毕业于长春地质学院，是国家干部。三线建设时期，爸爸从东北来到了云南一个地质队。妈妈又说，咱们地质队是国家直属的专业勘探队伍，职工享有稳定的国家财政支持，工资收入有保障，每月还可以领到十五元的野外津贴。当年人们的月工资才四五十元，十五元的野外津贴，是一笔可观的收入，可置办一桌酒席呢。

懵懵懂懂的小雪同样不能完全听明白妈妈的话。不过，从妈妈骄傲的神情中，她知道爸爸是一位了不起的地质工程师。

那时的大学生和工程师太稀罕，可受人尊重了！很多同事不会直呼小雪爸爸的名字，而是尊称他"颜工"。看见小雪会说："喏！这就是颜工的宝贝女儿，长得真像她爹。""颜工是咱们局为数不多的地质专家，获得过'李四光地质科学奖'，太了不起了！"大人们的交谈，让小雪很为爸爸骄傲，她想长大之后，也像爸爸一样，当一名受人尊重的"小颜工"。

20世纪70年代，不少地质队有自己的子弟学校。职工子女初中或高中毕业之后，可通过招工、顶替、补员等方式直接在地质队参加工作。

"地方上的人"无不感慨地说："地质队多好呀！职工子女走出中学校门，就能端上'铁饭碗'，旱涝保收，衣食无忧。"

确实，对于和颜小雪一般大的职工子女来讲，服从分配，下分队，上机台，成为一名钻工，自然是比较好的选择。

从四季如春的昆明，到热带雨林气候的西双版纳原始森林，偶尔短时间走动走动，看看人家的生活方式，听听不同的语言，欣赏不同的风景，是当下人们惬意的生活方式。而在70年代，"旅游"是一个十分奢侈的概念，普通人家能保证吃饱穿暖，已经很知足，哪还敢有外出旅游的"非分之想"哦！

**原地质部部长孙大光（后排右三）与女钻工合影**

颜小雪到西双版纳，是来打钻的，不是来旅游的，这一点她心里清楚。但她是一个柔弱的女孩子，她自嘲胸无大志，只要能按时完成钻探任务，每天不出安全事故就好了。

初来乍到，小雪和"女子三八钻"的丫头们一样，感觉一切都是新鲜的。来了之后，她渐渐明白，她和父亲虽然都是地质队员，但地质是一个大概念，工作分工很细，钻探是地质工作的主要内容之一。

在机台上，大家每天要扛上百斤的钻杆，累得浑身上下酸痛难忍。原本貌美如花的姑娘，只要一上夜班，红通通的脸蛋就变得蜡黄蜡黄的，很不好看。黏糊糊的泥浆喷溅到身上，把衣服弄湿了，却不能立马更换。衣服一会儿风干，一会儿又被弄湿，不少人因此落下了风湿关节炎。

刚开始，大家还没感到不适应。可一段时间后，每天钻机和柴油机的轰鸣声、嘈杂声让人们无法静下心来。

钻孔封孔大多在晚上进行。为了避免垮孔，需要灌入泥浆。然而，搅拌机搅泥浆的速度比较慢，中途还可能凝固。

在十七队"女子三八钻"成立之前，为男女混合搭配作业。

封孔是钻探的重要环节，需要将水泥和纤维素搅拌成泥浆后灌入孔中。但泥浆搅拌机搅拌速度较慢，直接影响封控质量。不少人清楚地记得，有几回钻孔封孔急需大量泥浆，男钻工陈国栋不由分说，迅速跳入泥浆池，用摆动身体的方式搅拌泥浆。等到他上来，头上、脸上、嘴里、鼻孔里都是泥浆，活脱脱成了一个"泥人"。随后，他赶紧跑到循环水那里，用水冲一冲，又继续接着干活。

这个情景，让大家对陈国栋很敬佩，也让一些姑娘产生了胆怯心理。她们想，眼下"女子三八钻"没有男钻工，姑娘们也要跳进泥浆池，用身体去搅拌泥浆吗？

不久，有人调入机台，也有人调离机台。这本来是正常的工作调动，可每当有人调离，其他人的思想便开始波动。

和白云一样高的钻塔、遮不住风雨的帐篷，还有一望无际的原始森林、可怕的毒蛇野兽，等等，与颜小雪读书时想象中的美好的地质工作差异太大了：这份工作不仅不浪漫，还存在诸多风险，简直就是在流浪，是居无定所的漂泊。

她不理解，自己的父亲为什么能在如此艰苦的环境中坚持下来，还乐此不疲。

躺在床上的颜小雪感觉自己"上当了"，她胆怯、沮丧，甚至后悔了，特别想家，想念热恋中的男友。她懊恼地用被子捂住嘴，嘤嘤嘤地哭了。

她给远在上海的男朋友写信，倾诉思念和委屈。接到信，男朋友着了慌，生怕心爱的姑娘在钻机钻进时因走神而出岔子。

男朋友十分清楚，如果这个时候颜小雪思想波动离开机台，会给她带来一系列不可预料的麻烦。他赶紧给心爱的姑娘回信，鼓励安慰小雪，随后乘车赶到西双版纳，把小雪接到上海小住了几日。

谁知他们一走，传言就像林子里的杂草，纷纷冒了出来，甚至有人说颜小雪是因为怀孕才去上海堕胎的。那个年代，未婚先孕不仅丢人现眼，还要受纪律处分。组织上为此特意找她谈话，颜小雪百口难辩，感觉自己受到了莫大的羞辱。

怎么办？"即使遭到误解，也万万不能离开机台！"这是男友分别前对她的叮嘱。他把小雪揽在怀里，吻着小雪说："一定要忍耐！等过了学徒期，我就来娶你。"

学徒期，学徒期，学徒期……颜小雪还得忍受两年！两年，对普通人来说并不算太长。然而，对于郁闷中的小雪来说，两年是多么漫长！有了想走的心思，她一天都不想在机台待了。可她又不能走！这种煎熬摧残着稚嫩的颜小雪。无奈，她把心中的苦楚铺陈到信纸上，寄给了《中国青年报》。过了一段时间，颜小雪十分惊喜地收到了《中国青年报》热情又温暖的回信。

父母得知女儿的情况后，没有批评她，而是心疼地理解、宽慰女儿说："谣言毕竟是谣言，终将不攻自破。"他们相信自己的女儿能受得住委屈。

至亲的理解以及远方陌生编辑的关爱，给予思想单纯的颜小雪极大的抚慰。她调整纷乱的心绪，安静地在机台上留了下来。

两年之后，男友也兑现了他的承诺，让傣族竹楼上迷蒙的晨雾成了小雪浪漫的婚纱。

二

"女子三八钻"队伍是20世纪70年代的特殊群体，自然催生出一些特殊性。

比如"钻探语言"。钻机和柴油机每日轰隆隆的运转声，盖住了大家的说话声。本来文弱的丫头说话细声细气，但在机台上待的时间久了，嗓门儿跟着也变大了。然而，很多时候即使扯着嗓子喊，也只见对方嘴巴一张一合，具体说的内容却听不清。机台上的噪声确实太大了，大家就比画、打手势，久而久之便有了"钻探语言"。

再就是"三个幸福的事"，第一个幸福说的是钻机在正常钻进过程中，一两个人负责观察，另外一两个人可以轮着稍稍打打瞌睡。如有异常，立马醒来。第二个幸福是看电影。分队有放映队，隔三岔五便会在分队部的空地放电影。那应该是20世纪70年代最受人们欢迎的娱乐活动，也是钻工的"最高待遇"。第三个幸福是"杀年猪"。那时，为了把猪养得肥肥的，钻工们下山时都会喜气洋洋砍一根芭蕉秆喂猪，待到过年就能热热闹闹吃顿香喷喷的杀猪饭。

董素云就曾在分队食堂喂年猪。她跟我讲述的时候，还列了一串云南省地矿局原十七队"女子三八钻"女钻工的名字。她是我此次在云南采访的牵头人，六十多岁，中等个子，待人热情温和，说话嗓门儿有点粗，女中音，"滇普"说得很婉转。

跟我采访到的其他女钻工一样，董素云记忆中的西双版纳钻探生活，呈碎片状，又如游丝，断断续续。那段岁月，让她们这一代人既眷恋，又感伤，更在心底挥之不去。

董素云说："和男钻工搭档钻探的日子里，女钻工不用干粗活和重活，大家在一起还是很快乐的。"

有一次，她休假回昆明探亲，发现身上所剩的钱还不够买车票，她便找到同学陈国栋，向他借钱。陈国栋告诉她钱在铺盖底下，让董素云自己去取。后来董素云还钱，陈国栋都把这事给忘了。董素云开玩笑说："晓得这样，我应该多向陈国栋借点钱，不还给他，他也不会问我要。"

那几年，大家伙儿都住在用席子搭成的棚子里，从屋外透过席子的缝隙，能看见小马灯微弱的光亮和姑娘们在棚子里来来回回的影子。

住的地方不隐蔽已经让人感到尴尬，更让人难堪的是上厕所和洗澡。山上挖个坑，上面搭两块板，用席子一围，便是厕所。这样的厕所，姑娘们都不敢单独去，得邀上几个同伴一起前往。随后，几个人在厕所里方便，留一两个人在外放哨，以防图谋不轨的人偷窥。

西双版纳气温高，在机台上干了一天，大家一身馊汗。林子里有很多汗蜈蚣，会顺着人身上的汗味钻进皮肤，因此她们必须天天洗澡。

"澡堂"也是用席子围起来的，里面砌一个水池，然后从山顶上接了一根水管到水池里。裸露的水管风吹日晒，时间长了，管子里生了锈，流到水池里的水便漂浮着一层铁锈。

那会儿，姑娘也和小伙子一样，直接用水池里被太阳晒过的水，舀几勺，往身上一浇，冲一冲，算是完成了洗澡的任务。

有一次，董素云生病了，去分队卫生室打针。医生给她擦碘酒消毒时，蹙着眉头问董素云："哎！你是不是没洗澡？"

董素云诧异地说："洗了呀！我才洗完澡出来哦！"

医生告诉她："臀部没洗干净，有黄色的印子。"这下把董素云羞得满脸通红，她问医生："黄色印子是什么？"医生仔细查看，说："是铁锈。"董素云恍然大悟。洗澡的时候，女孩子一般拎水不多。虽然天天洗，可水不干净。加上当时年龄小，也不知自己怎么洗的，铁锈就留在了身上。

董素云啼笑皆非地告诉我："实际上，从山上流到池子里的水都是浑水。大家用那个水洗菜、煮饭、洗衣服。现在回想起来，那个水哪里能喝哟！但水对于我们太重要、太珍贵了。但是当时条件太艰苦了，只能将就。"

从山上流下来的水，虽然有铁锈，烧开了，大家对付对付，马马虎虎还能用，她们常喝冷水，缺水时还得喝柴油机循环出来的油花水。不仅如此，她们还吃过更令人作呕的水。

董素云在机台打钻的时间不长，她主要在分队食堂工作。她在三号机的时候，门口有条小河，他们接了水管，把河沟里的水引到厨房的大锅里。当时厨房矮，水沟高，水很通畅地流到了锅里面。

大家正为不用再喝"铁锈水"而高兴，结果有一天早上刚一放水，锅里竟然全是大便，把在场的人惊得目瞪口呆，哇哇哇全吐了。

这是谁干的？！一定要查个水落石出！

分队部领导十分重视"粪水"一事，责令专人去调查。过了几天，终于有了答案。

原来，在河的上游住着傣族老乡。依当年傣族的生活习惯，他们没有公共厕所，直接将大小便排泄到河里。

怎么办？去和傣族老乡交涉，让他们改变排泄方式？这未免有点冒昧，还可能与少数民族的生活习惯相冲突。那么，换个地方居住？这不仅会延误工期，万一又遭遇其他生活上的不便，如何是好？

来西双版纳之前，大队领导反复强调，在少数民族地区从事野外地质工作，会涉及许多民俗民风问题。比如，"切断龙脉"的槽探开工，"惊动山脉"的钻探开工。同时，他们也指出，在实施这些工程时，需注意保护生态环境，若对林区或植被造成破坏，需按有关规定给予青苗赔偿或经济补偿。

眼下，傣族老乡在上游，钻探队在下游。为避免产生民族纠纷，钻探队决定委曲求全，尊重傣族人的生活习惯。

当锅里再出现污物时，只能把水倒掉，再重新接水，延长一点加热时间。可实际上，谁都明白，污水烧开了还是污水啊！除此之外，没有其他水源，只能用这条河里的水。大家只能"眼不见为净"了！

三

当初，在西双版纳施工的女钻工，她们羽翼未丰，稚气未脱，平均年龄只有二十岁。

王玉梅在接受采访时，说了一个在菠萝地里打钻的故事。

70年代末期，受猫王和披头士的影响，喇叭裤、蛤蟆镜、卷发成了国内年轻人追捧的潮流。不过还并不普遍，比如烫头，有些地方还需要单位开具证明。一头乌黑的卷发，洋气又充满动感，深受爱美的男女青年喜爱。

有一次，王玉梅回昆明探亲，也赶时髦，烫了一个"大波浪"。假期一满，她就返回了西双版纳，正赶上在菠萝地里施工。

四五月份是菠萝成熟的季节，钻机周围长满了长灯笼一样的菠萝。大家在地里走来走去，会不由自主对着酸酸甜甜的菠萝干咽几口口水。平时大家的饮食非常寡淡，多么期望辘辘饥肠能得到片刻的满足啊！

有一天，王玉梅和同伴实在忍不住，悄悄摘了一个菠萝，忐忑地揣在怀里，生怕被人发现。

"真是怕什么，就来什么哦！"远远地，忽然两个傣族老乡从地里出来，她俩赶紧躲进帐篷里。

第二天，傣族老乡找到了分队领导，说有两个胖胖的"小卜少"（女孩子），头发卷卷的，偷了他们的菠萝。分队领导替两个"小卜少"道了歉，然后半开玩笑地对老乡说："在你们的菠萝地里打钻，怎么能不吃几个菠萝呢？"

"那时，我们太年轻了，还不到二十岁，难免冒冒失失，犯糊涂、干傻事。"说这话的时候，陈国栋笑了。

他在接受我采访时，跟我说了另外几件事。

男女混合搭配作业时，分了四个班，每个班都有两三个女青年做进尺记录，男青年负责起下钻。钻机上的劳动强度很大，人们体力消耗也大。当时有专门的搬运队，但钻机搬家，都是靠钻工们自己动手。

比如，一个钻孔终孔之后，得把几十吨的"铁家伙"，包括钻塔、柴油机、钻杆，还有其他材料运走，大家伙儿得自己动手，把它们转运到下一个工地。

钻机设备还好办，可以拆卸成大大小小的零件。最重的要数"机台木"，也就是枕木。一根枕木大约四十公斤，经过无数次风吹雨淋和搬运，长期被油和水浸泡后，重量达到了六十公斤左右。山里没有路，搬运时，通常是前面两个人，后面两个人。笨重的枕木压在肩上，连男同志都费力。而"女子三八钻"组建后，女同志独立作业，同样得披上坎肩抬枕木。在这种情况下，人们难以避免受伤。

有一次，一位男顾问在调查事故原因的时候，钢丝绳忽然断了，将他的手弄伤了。大家连忙用岩心箱当担架，把男顾问放在上面，翻过陡峭的山路，走了好几个小时，才将他

干部职工深入野外生产一线参加劳动

送到乡里的医院。

　　那个年代生活条件十分艰苦，大家吃的东西没什么油水。陈国栋说，西双版纳有一道菜叫"玻璃汤"，也就是把清水煮开，往里面丢两片青菜叶，再撒点盐，滴两滴油，就成了一碗汤。炒苦菜、冬瓜、南瓜，全是素菜，一个月只吃一次猪肉。

陈国栋在三号机，与他搭伴的女工叫林春花。他们从机台下班回驻地，要路过傣族同胞的一个鱼塘。日日走过，大家难免对鱼塘里活蹦乱跳的鱼垂涎三尺。回到驻地，男钻工便动手自制钓竿，用机台上的尼龙线做钓线，大头针做钓钩，再挂上蚯蚓，几个人悄悄躲到没人注意的鱼塘边钓鱼，林春花负责放哨，结果还是被看鱼塘的傣族老乡发现了。

那时傣族老乡家中都备有火药枪，如果惹恼了他们，很可能会被举枪射击。不过，傣族同胞对地质队的钻工比较友好，他们劝陈国栋几个年轻人，以后别擅自到鱼塘钓鱼。如果是其他人到鱼塘钓鱼，他们可能早就放枪了。他们听说地质队是北京派来帮助他们找宝藏的，就不会放枪。

老乡的包容，使大家深受感动。渐渐地，钻工和傣族同胞熟络起来。

陈国栋他们上班时路过一位摩雅（傣族医生）傣家，会站在摩雅傣家楼下高声问："'老米涛'（老大娘），有没有'考澜'（糯米饭，傣族又叫'埋毫澜'）？"楼上的"老米涛"立即探出身子，满脸慈爱，亲切地回答："有有有！"然后转身进屋，用芭蕉叶把"考澜"包好，从楼上扔给几个愣头青，让他们路上吃。

陈国栋1977年至1978年在西双版纳当钻工。

1996年，时任云南省地矿局工会主席的陈国栋到西双版纳进行安全检查，又回到了当年打钻的寨子。

傣族同胞一看到几个戴安全帽的人，立刻认出了陈国栋，随即高声喊："小陈来了！小陈来了！"一群老乡簇拥着陈国栋，亲热地领他们上了竹楼。

老乡告诉陈国栋，自从钻探队从寨子里撤出后，每回在电视里看见钻塔，看见戴安全帽的地质队员，他们就会想起当年寨子里驻扎过地质队。几个"老米涛""老波涛"（老大爷）还会不由自主地凑近电视机，说"看看小陈在不在里面"。

1998年，陈国栋又重返勐龙镇，居然找到了二十年前经常和他们开玩笑的几位同龄的傣族老乡。老乡十分高兴地把陈国栋请到家里，说橡胶林里的那些岩心还在，他们把岩心码得整整齐齐，放在橡胶林里面保护起来了。他们说："这些岩心，地质队还有用，地质队员还会回来的。"实际上，林子里的岩心已经废弃，没有用处了。

2012年，已在《中国国土资源报》（现《中国自然资源报》）担任社长的陈国栋，领着报社四五个记者赴云南，采访高标准农田的实施情况，又一次回到了有着他青春记忆的小山寨。几个正在卖菠萝和杧果的"老米涛"见到陈国栋又高兴地叫："小陈！小陈！"随行记者沙马建峰是四川彝族人，他也十分体恤饱经风霜的"老米涛"，把"老米涛"篮子里的水果全买下来了。

四

回忆往事，陈国栋对当年和女钻工一起历练的人生经历记忆犹新，难以忘怀。那段岁月，有他们无悔的青春和纯真的友情。

陈国栋很动情地拿出他1988年写的散文《小马灯》给我看。他说："小马灯虽然极为普通，却是当年钻工们在野外，夜里工作、学习不可或缺的忠实伙伴。"

矿区一般都离有人烟的乡镇、村子、寨子比较远。那时虽然有半导体收音机，不过山里的信号比较差，收不到几个广播电台。住的地方有时能搭上电，有时没有电。如果上马的钻机比较多，就会统一发电。但到了晚上十点钟，会停止发电。大家只能借助手电筒和小马灯的光亮看书、做事。

马灯里的水火油（煤油）还得到公社供销社购买，还不一定每次都能买到，得凭油票限量供应。

　　机台上有生产用的柴油，一般不允许用作其他用途。水火油实在供应不上的时候，偶尔也用点柴油。不过柴油烟大，会把灯罩熏得黑乎乎的。过不了多久，帐篷也被熏黑了，蚊帐也被熏黑了。而水火油的烟少，点起来更亮。

　　装了水火油的小马灯点着之后，有一个很有趣的现象，那就是它会发出轻微的毕毕剥剥的声响。大家把这个声响看作好兆头，预示着钻孔会打得很顺利；或者家里有好消息，有幸福的事了。

　　小马灯，是钻工们青春时期的希望，给艰苦环境中的人们带来了无数期盼。

# 拾遗庐江

以前在疾驶的列车上，我经常与丛林、沟壑、田野匆匆"会晤"，此时从四川入安徽，感觉隧道甚多，使我难以看清车外的风景。这像是留给我一个谜：进入安徽，即将结识的女钻工群体，她们将给我讲述怎样的故事？

在北京工作的那一年，我认识了一位九十岁高龄的老地质"保大叔"。"保大叔"得知我要写女钻工的故事，十分高兴，建议我去安徽采访，他说他见过新中国成立初期安徽的一名女钻工。如果这位女钻工还健在，大概也快九十岁了。

我问"保大叔"是否有那位老人的联系方式，"保大叔"摇头说没有。像火苗一样的线索，刚刚有一丝亮光，忽然就断了。

我没去过安徽。尽管在过去的文章中我多次写到过安徽，不过是因为被采访的人物曾在安徽工作，我是"纸上谈兵"罢了。

前不久我采访的江西女钻工，她们讲述的也是在安徽庐江施工的故事。然而，隔了四十多年，她们没再踏上那片土地，对安徽也已陌生。

那么，到安徽，我该找谁？去采访谁？我快速梳理自己的记忆。

能帮我联系上70年代安徽地质队的女钻工，这个人不仅得在地质部门工作，还得对"女子三八钻"有所了解才行。

我想到了安徽某地质队原党委书记曾玉兰。

我与曾玉兰只有一面之交。有一年，曾书记在江西出差，到了我所在的地质队，领导安排我陪同。临别时，我们互留了手机号码，加了QQ好友。她回到安徽之后，我们偶尔会在QQ上发几个简短的祝福，仅此而已。

如今我给曾书记打电话，会不会唐突，我有些为难。可我太需要多了解几个不同地域的女钻工的经历了。曾书记在地质队担任多年的处级领导，想必她比较清楚70年代女钻工的情况。考虑一番，我拨通了曾玉兰的电话。

我刚说明来电意图，便得到了曾书记的热心支持。她立马联系安徽327地质队，帮我找到了当年参加庐江会战的几位女钻工，并为我安排了采访事宜。

一

327地质队在合肥，地质大院内有高楼，也有零星的平房。

夜里，我独自在大院里漫步，仿佛回到了我所在的老地质大院，有几分陌生，有几分亲切。只见一个中年男人倚靠在一个窗口，和屋内的人聊天。看那情形，他们已经唠了大半天了。

那是一个旧平房的小卖部，极富80年代地质大院的特色。尽管城市里有大大小小的商城，里面的物品应有尽有，但地质大院的人有时还是会选择去小卖部购买商品，一是省时，其二大概就是想找个熟人聊聊天儿。毕竟大家现在都住在楼房里，进出不方便。

到小卖部买东西的人，可能只需要一袋盐或一瓶酱油。买好后，他们并不急着回家，而是把盐或酱油放在一旁，也不进小卖部，就站在窗外与店主海阔天空地侃大山。

香烟是男人之间最常见的交际品，两人云里雾里地说着。聊的时间长了，店主给窗外的人递上一杯水。窗下有几口带着岁月痕迹的大缸，两个男人瓮声瓮气的声音掉进缸里，与悄然飘在缸里的月影撞了一个满怀。

在这样的大院里见到女钻工，还有当年的分队长、男顾问，就像见到了我们队上的老同事一样没有生疏感，我们很快就说到了正题。

"我先说吧。"坐在我对面的李桂兰留着短发，个头较高，说话语速较快，一副干练的样子。她一开口，我便仿佛看见了四十多年前，那个头戴安全帽、肩扛钻杆，又美又飒的姑娘。

1975年5月，327队敲锣打鼓组建"女子三八钻"，大队部召开了庆祝大会，戴红领巾的小学生还给新工人佩戴了大红花。

李桂兰上机台却比其他人晚到几个月。李桂兰从小在327队地质大院长大，家中有五姊妹，她排行老大。那年，地质队有一个优惠政策，即通过招工的方式，可安排一名适龄的职工子女在本队就业，以缓解野外职工的生活和经济压力，为他们排忧解难。

参加招工文化考试时，李桂兰以优异的成绩考了第三名。按她的成绩，本来可以留在大队部，到机修车间上班，她的父亲却建议她去"女子三八钻"，理由是下分队、上机台，除了有基本工资，还可以领到十五元野外津贴和二两粮票。

早年在业内有个顺口溜："远看像要饭的，近看是搞钻探的，原来是口袋里揣着五百万的。"五百万，指的就是十五元的野外津贴。在"吃、穿、用"均需凭票的70年代，十五元对于多子女家庭来讲，好比一项"巨款"，那是一个人一个月的生活费啊！

那个年代，家长通常会为儿女的工作和婚姻做主，当时的年轻人也不像现在的年轻人那么任性、有主见，他们大多会尊重父母的安排。

对父亲的要求，李桂兰也没提出异议。她想，只要每个月按时发工资，干什么工作都一样。身为长女的李桂兰，深知父母养大膝下几个弟弟妹妹不容易。因此，她不假思索，立刻遵从了父亲的意见。然而，口头答应了还不算，父亲怕她反悔，让她写了主动要求去机台的决心书，李桂兰也照着做了。

车间在大队部，好比"后方"，离家近，上班风吹不着、雨淋不着；钻机在野外，是一线，是"前方"，离家远，吃住都不方便。李桂兰主动放弃"后方"上"前方"，还递交了决心书，被作为先进典型，马上就得到了领导的批准和表扬。

那会儿，第一批女钻工已经到野外去了。李桂兰到得晚，被安排记录钻机生产报表：日期、当班人数、当班进尺、岩心采取率、安全生产情况、环境卫生情况、设备运行情况、交接班时间……这些简单的文字和数字,李桂兰记了两天,她就不想记了。她又向领导要求去做难度大、更艰苦的工作,比如插电插、下套管。

李桂兰兴趣广泛,勤奋好学,脑子反应较快,接受能力强,不久就把机台上的地面操作工作都学会了。

李桂兰在机台工作了四年,先后到了安徽境内的庐江县沙溪矿区、庐枞—罗河矿区、罗河镇大包庄矿区、庐江县小岭山矿区等。

罗河是矿产资源大镇,地下矿藏丰富,储量大,品位高,已探明的铁矿石储量达五亿吨,全省名列前茅,全国也属罕见。

李桂兰说,庐枞—罗河会战的场面非常壮观,全国各地的地质队都派了"青年号"和"女子三八钻"参与会战,有五十多台钻机同时作业,完成三百多个钻孔。从远处看,林立的钻塔十分壮观,就像一根根毛竹笋从土里冒出来,生机盎然。

而在大包庄,除了几台"青年号"钻机,只有一台女子钻,被大家戏称为"尼姑庙"。钻工们住的是泥巴墙(也就是干打垒)的房子。

大包庄隶属于安徽省庐江县罗河镇,位于莲屏山西麓,

**大会战场景3**

三面环山，庄中有一坎地，上有两个土石包，故得名"大包庄"。

在大包庄的钻探矿区周围都是山，荒无人烟，327队钻探队员每天除了工地就是驻地，都不能走出山去。两点一线的野外艰苦生活，让大家感到孤独和枯燥，姑娘们便找到分队书记王荣耀说："能不能给我们放一场电影啊？"

这群二十岁左右的丫头，每天风里来雨里去，粉嫩的脸庞已经晒得黝黑，王书记看在眼里，疼在心里。他马上答应了姑娘们的要求，第二天就特意安排给"女子三八钻"放了一场电影。小小的心愿得到了满足，这让姑娘们备受鼓舞和感动，第二天干活都忘记了疲惫，好似打了鸡血，干劲十足。

李桂兰所到的四个矿区，属小岭山的条件最差、环境最恶劣。

小岭山也隶属于庐江县，山势陡峭，站在山上可以看见山下蜿蜒的马路。人们住的是铁皮房，用篾子做隔墙，大大小小的缝隙不仅透光，还不隔音，风声、雨声，全部灌进屋里。

有一年气温特别低，冻得姑娘们都想哭。那时没有羽绒服，没有棉皮鞋，大家穿的是自己织的毛线衣、毛线裤，外面披一件笨重的军大衣，男男女女脚上穿的都是登山鞋。夜里睡觉时，被褥太薄，大家就把身上的衣服全压在被子上。每个人还用盐水瓶灌了热水，放进被窝里取暖。可是，盐水瓶不保温，过不了多久就不暖和了，冷得大家根本无法安睡。

因为天气潮湿，洗好的衣服晾好多天都干不了。等到终于有太阳了，大家赶紧抱着衣服、被子拿出去晾晒。

在机台工作四年，李桂兰有四点最难忘：

第一是最恨闹钟。每天上班累得骨头都快散架了，下班回来往床上一躺，只想睡个安稳觉。可刚躺下，睡得迷迷糊糊时，闹钟就响了。感觉还没睡几个小时，怎么又要上班了？李桂兰揉着惺忪的眼睛，恨不得把闹钟给扔了。可她又不能扔，闹钟好比军营里的冲锋号，铃声一响，必须起床。

第二是忘不了罗河会战。罗河会战虽然是多工种联合作战，人力、物力都准备得十分充分，但当时的自然环境比较恶劣，矿区周围没有水源，得从五里之外的水库接水管，每个女钻工也得像男人一样，扛着水管走几里地。

第三是搬迁。机台搬迁最累，也最热闹。每一个钻孔终孔，就得搬一次家，就得搬动钻机、工具和机器设备。作业地点大部分在半山腰上，汽车上不去，只能是人拉肩扛。男男女女、老老少少，领导、家属，大家一起走在羊肠小道上。崴脚、扭伤腰、滑倒都在所难免。可是，再苦再累，谁也不谈报酬，全是无私奉献。

第四是大家相处融洽。那个年代的人思想单纯，比较好管理。无论是上海知青还是下放回城青年，无论是外招的还是内招的，都很好管。三十六个女钻工在一起相处四年，基本上没红过脸。即使有小争执，但隔一天就和好了，过后都不计较。

二

不少地质队始建于20世纪五六十年代。受当初基础设施和师资力量的限制，很多地质队在建队之初，还不具备自办子弟学校的条件，职工子弟便插入地方学校就读。

地质队流动性大，哪里有地质项目，地质队员就到哪儿。经常是上午刚完成一个项目，就打点行装，下午又奔赴新的项目。他的妻儿老小也得跟着一起不停地搬迁，儿女们则频繁地更换新的学校。

这些学生每到一所新学校，最大的问题就是听不懂方言。许多时候，他们还没来得及适应新的环境，便因为父亲所在的工地需要迁徙而搬家。那时大家普遍都家徒四壁，没什么家当，卷起铺盖卷儿就走了。孩子们看似跟着大人"周游列国""云游四方"，实际上是蜻蜓点水，饱受舟车劳顿之苦。

几位女钻工说，后来子弟学校组建之初，也没多少职工子女，一个年级只有一个班，一个班也就十来个人，于是不断合并年级、合并班，也就是年龄大的留级，到低一年级的班里去集中上课。因此就有了1956年、1957年、1958年、1959年出生的学生为同班同学的现象，年龄参差不齐，还有的兄弟姐妹也在同一个教室念书。等他们成人之后，又"子承父业""女承父业"，成为第二代地质人，来到了钻探队。

采访时，不少女钻工说，作为普通人，自己并没有什么大愿望，能踏踏实实上班下班，每个月有稳定收入，还能接济家里为父母分担，就心满意足了。谁知，工地上冬天冷、夏天热，还有钻进时震耳欲聋的响声，让人感觉耳朵里整天都嗡嗡作响。而且很多时候，吃饭都是派一个人去食堂，等她吃完了，再把大家的饭菜一起带到机台。然而，机台的劳动强度太大了，每个月五十四斤的粮食定量根本不够钻工们吃。虽然是姑娘家，但清汤寡水的饭菜，根本填不饱她们的胃囊。

最令姑娘们羞涩的是每个月的例假，仿佛有传染源，一个班一个姑娘来了，另外几个姑娘也接二连三跟着"来事"。她们一边得承受痛经的苦恼，一边还得继续背钢粒、拧钻杆。

想象和现实的巨大差异，不免让人有些抱怨，也会产生畏难退缩心理。总有一些时候，会让她们觉得地质工作太枯燥了，甚至对人生都失去了希望。

王月利说，从内心讲，她很不想上机台。但是人都有不服输的心理，既然去了，她便想，人家能干的，我也能干，自己绝不会比别人差。

钻探工作存在风险，有很多不确定因素，王月利上班的第一天就受伤了。和她搭班的徐同志眼神不好，拉提引器时，王月利作为新手，对操作规程还不熟悉。她本该扶着提引器，却误抓了钢丝绳，手立刻就被划伤了。见状，班长慌忙大声喊"停停停"，徐同志赶紧停止了拉提引器的动作，但王月利的手还是缝了一针。

那会儿，人们"轻伤不下火线"，王月利在医务室做了简单包扎，休息了三天，还没等伤口愈合，就上班去了，结果伤口又裂开感染了，手指头差点没保住。直到现在，每到春季乍寒乍暖、骤雨骤晴，六十多岁的王月利还会感觉手指头不舒服。

1958年出生的冯兰芳，是从江苏农村招工来的，当时在"女子三八钻"尽管年龄最小，却很能干，得到大家认同，当了小班长。

冯兰芳接受能力强，学东西很快。她参加工作的第一站是沙溪，老机长和同伴们对她很照顾，王荣耀书记则在默默观察她。

钻探队到大包庄后，有一天上夜班回来，王书记找到冯兰芳，对她说："你的工作能力很强，我准备让你当班长。"冯兰芳一听，自己得到了领导的认可，喜出望外，高兴得跳起来："呀！我要当班长了！我要当班长了！"

1976年冬天，大包庄下了一场大雪，厚厚的积雪把河沟都覆盖了。路上见不到行人的脚印，找不到路，大家全滚到沟里去了，然后又一个个从沟里爬出来，幸好没造成人员伤亡。

马凤莲也是1958年出生的。她说："打钻虽然苦，还是学到不少东西。不仅仅是钻探技术得到了提高，意志也在野外工作中得到磨炼。"

谈到当年在机台工作，几位女钻工都说，大家集中在一起上班，虽然累点，但不害怕。最怕两点：一是上夜班，二是一个人回分队部取材料。

**当班女钻工在装钻具**

一个班不过两三个人，通常是两个人留在机台，另一个人下山取材料。这可苦了取材料的姑娘，她回分队部的路上害怕，取了材料往机台送的路上也害怕。每走一次单趟就得耗费四十分钟，周围连个人影都没有。即使下雨下雪，晚上11点也得起床爬山去上夜班。

这批女钻工童年时经历了三年困难时期。他们有的来自"双职工"家庭，还有很大一部分来自"单职工"家庭。双职工，顾名思义，就是夫妻双方都在地质队工作，每月有固定收入；单职工，指的是丈夫在队上工作，妻子没有工作，被称作"随队家属"。

那会儿，夫妻俩生四五个孩子是普遍现象，一大家子挤在低矮潮湿又狭小的平房里，成天闹哄哄，双职工都觉得生活简陋而拮据，对于单职工来讲，家庭经济压力就更大了。人们连饭都吃不饱，更别说吃零食了。那时，小孩身上也没有零钱，能吃上供销社里一角钱二十粒的硬邦邦的水果糖就是很幸福的事。

嗷嗷待哺的小孩子家最盼望的就是父亲从野外回来，到食堂买白花花的白面馒头和肉包子。当爹的也不会辜负儿女，下了车就去食堂，把几十个热气腾腾的馒头和包子用报纸一裹，放进褪了色的地质包里。

那时的白面馒头和肉包子软软酥酥，比面包还香啊！几个儿女像过年一样，不一会儿的工夫就把馒头、包子吃完了，还不够，又用小嘴去舔沾着油的报纸。

或许，正因为共同经历了困难，如今又同在野外钻探，大家便风雨同舟，同甘苦、共患难，彼此取暖，便有了情同手足的"兄弟情""姐妹情"，催生了许多令人难忘的故事。

那时，分队部有食堂。一般是一名钻工先到食堂吃饭，再把其他人的饭带到机台上。那时物资供给不足，大家吃的大部分是素菜。五分钱一个的白菜，只要钻工在，它就能餐餐盛进他们的碗中。有的光吃面条就吃了四年，离开"女子三八钻"之后，她们再也没吃过面条。

在探矿厂工作的马同志是回族。他回老家探亲，从家里带了牛肉给大家吃，把很久不闻肉香味的姑娘们馋得够呛。她们一边大口大口地吃牛肉，一边连连点头说太好吃了，太好吃了！

## 三

"女子三八钻"在组建之初，由技术过硬的男钻工担任班长，采用"师带徒"的方式，使女钻工掌握基本操作技能。

说起往事，现已七十多岁的老班长魏柱清，当年对组建"女子三八钻"是持反对意见的。他说："钻探是男人干的活，怎么能让女孩子去做？十八九岁的丫头，哪里有劲把几十斤重的大铁链、钳子拿起来，把一百斤一袋的钢粒背起来，就别说五米多长、几十斤重、带岩心的钻具了。还有好几吨重的钻机，丫头们就是使出吃奶的劲，能拉动那根绷紧的手杆吗？"

当时，魏柱清也不过三十出头，比姑娘们年长一些。虽然他持反对意见，但还是服从组织安排在"女子三八钻"担任顾问。他说，他对女钻工的态度是"软硬兼施"。

众所周知，女钻工从心理上和生理上存在一些"先天不足"。比如在荒无人烟的地方作业、攀爬钻塔，会产生恐惧；柔弱的肩膀得把四十公斤重的钻杠扛起来，力气不足；遇到机台出现机械故障等紧急情况，她们可能会慌张，手忙脚乱，不知所措。

一次，一个女钻工下升降机的时候，速度太猛，魏柱清吓了一跳。如果升降机下降速度太快，很容易把钻井压漏，或造成井壁垮塌等安全事故。魏柱清忍不住大发雷霆，狠狠训斥了女钻工的粗心大意，本来就被吓呆了的女钻工，当场就被训哭了。

然而，地质工作不相信眼泪。姑娘们来了，就得和壮小伙一样，有劲得使，没劲也得干！为此，每每出现这样或那样的纰漏，丫头们没少挨魏柱清的批评。每次批评之后，魏柱清又会像兄长一样"阴转多云"，哄哄她们。毕竟，她们还年轻啊！这些如花似玉的姑娘，到野外干男人的活，谁不会起恻隐之心呢？

有一个最年轻的小丫头，大概才十四岁，正是发育的年龄，因睡眠严重不足，每天都不想起床。同伴叫她，她便躲在被窝里边哭边说："我不起来！我就不起来嘛！"十四岁，还是个孩子啊！没过多久，这个女钻工被调离了机台。

野外作业的条件确实太艰苦了，每天不仅要在机台上工作，还得修路、运送设备。钻机开到哪里，就得在哪里开路（修路）。往往是上白班的钻工到机台上班，上夜班的回来后还要修路，同时还得学习政治理论，每天的时间都被安排得满满当当。她们的手上也从来没空过，上班带材料，下班带废料。

那时，自然环境恶劣，人们的思想封闭。当年有规定，新工人在学徒期不允许谈恋爱。有的女钻工还不到二十岁，有的到了结婚的年龄，有的已经结婚。王荣耀对此提出了他的看法。他认为不能"一刀切"，可以严格要求年龄小的钻工别谈恋爱；到了结婚年龄的钻工，不仅不能盲目遏制他们的情感，反而应该鼓励他们谈恋爱。特别是下放青年、"老三届"，都二十七八岁了，不让他们谈恋爱，于情于理都说不过去。

这位可爱的书记，还招呼男钻工主动去追女钻工。有人提醒王书记别犯错误，他摆摆手说："他们不年轻了，该成个家了。我们就做'猫头鹰'，睁一只眼闭一只眼吧。"

一次，一名驾驶员和女钻工确立了恋爱关系。下班后，驾驶员常带着女朋友找地方谈恋爱。后来，这位驾驶员和安装队的一名男青年分别与女钻工成了家。

施工大半年之后，机台上有了挺着好几个月大肚子的"准妈妈"。每回上机台，其他姑娘都对这几个"准妈妈"特别照顾。眼见着她们肚子越来越大，姑娘们向领导提建议，别让"准妈妈"上机台了。随后，不少女钻工都到了结婚的年龄，她们便撤离了机台。

## 四

在2009年报道的327队的一段文字中，有这样一段话："四十三年前，安徽省地矿局327地质队肩负着祖国和人民的重托，在著名的庐枞会战、沙溪会战、罗河会战、大包庄会战、龙桥会战、西山驿会战等会战中，高唱《地质队员之歌》，胸怀美好的理想，紧随共和国跨越时代的铿锵步伐，用青春热血和智慧勇敢书写了一段令人难忘的人生历程。"这段历程中，有"女子三八钻"不可磨灭的一笔。

采访结束后，我来到327队的老基地，试图在当年会战的罗河矿区找到终孔的位置。然而，近五十年过去了，曾经的痕迹早已荡然无存。

这些女钻工有时会向她们的儿女讲述过去的故事，年轻人却说："别总是回顾过去，毕竟那一页已经翻过去了。"

诗人燕南飞在他的文章中这样写道，一条河流，最终都流进眼眶中去了。仿佛一条河流，就是一把打开记忆的钥匙，沙场或战鼓，炊烟和草民，反复上演走散和相遇。

在这一个轮回和下一个轮回里，我们不再与昨日相遇，但上一个轮回也是组成历史的一个要素，不管我们是否亲身经历，它们都真实地出现过，也都真实存在过。

# 攀枝花的地质记忆

一

年轻的战友，

再见吧，再见吧，

为保卫祖国离开了家。

你看那山岭上一片红霞，

那不是红霞，

是火红的攀枝花，

攀枝花，

青春的花，

美丽的生命，

灿烂的年华。

当你浴血奋战的时候，

勿忘家乡的攀枝花。

这是1980年电影《自豪吧，母亲》中的插曲《相会在攀枝花下》。那时，我尚未见过攀枝花，从歌词的描述中我隐约感觉，攀枝花与爱情有关，与英雄有关。对木棉花，我也早有所闻，它是广州市市花，也与英雄有关。不过这两种花我均未见过，便误以为攀枝花和木棉花是两种不同的花。直至2022年年初，我抵达四川省攀枝花市，才得知攀枝花、木棉花就如同一个人有多个名字一样，是大名和小名的关系。

攀枝花市，年平均气温二十四摄氏度，人称"藏在四川的小三亚"。攀枝花市原来的地名叫渡口。关于更名，坊间有好几种传说。其中一种说法是，有一年毛主席来攀钢视察，看见山上的攀枝花开得十分好看，便问那是什么树，随行人员说是攀枝花树。毛主席听后说，攀枝花名字好听，花也好看，于是渡口便更名为攀枝花。攀枝花市，由此也成了国内唯一一个以花命名的城市，享有"花是一座城，城是一朵花"的美誉。

"到攀枝花，得去攀枝花中国三线建设博物馆看看。"朋友这样对我说。我采纳了朋友的建议，结束了于成都的采访之后，独自去了博物馆。

在博物馆，我读到这样的记录：

新中国成立后，1953年开始了我国第一次地质普查工作，攀枝花矿区成为普查勘探重点，普查找到了康滇地轴中段钒钛磁铁矿呈带状分布的规律，确认攀枝花及其周围地区是一个巨型铁矿，具有很高的综合利用价值。攀枝花以丰富的资源、隐蔽的地势成为三线建设的"重中之重"。

1956年2月，地质部党组书记、常务副部长何长工代表地质部就全国地质普查情况向毛主席作了汇报；同年3月，地质部部长李四光向毛主席汇报工作时提出，在金沙江畔攀枝花找到了大型铁矿。"攀枝花"由此进入党和国家领导人的战略视野。

1958年，西南地质局历时三年，初步探明攀枝花钒钛磁铁矿分布及储量。中共中央做出批示，肯定了开发攀枝花资源的意见。

1964年，毛主席指示"钉子就钉在攀枝花"，攀枝花钢铁工业基地正式上马。

在成都，在四川省地质矿产勘查开发局106地质队（下称"106队"），我了解到：

始建于1956年的106队，由原雅安队和石棉队合并而成。1964年，大队部迁入攀枝花市米易县白马矿区，1969年大队部又转入会理县红格区（今攀枝花市盐边县红格镇）。

早些年，106队在攀枝花开展地质普查工作，探明数十亿吨钒钛磁铁矿，为攀枝花钢铁基地上马建设提供了依据。探明了这里雄厚的矿产资源，106队被攀枝花市委、市政府誉为"攀西开发先锋""中国钒钛之都探矿先锋队"。因此，攀枝花至今有句老话："没有106队，就没有攀枝花。"

从1964至1993年，106队依然坚持在攀西开展地质工作。1975年，攀枝花红格矿区勘探大会战展开，会战期间参与人数最多时达到两千人。1976年4月组建的106队"女子三八机场"参与了攀枝花大会战。

二

女人上机台，准确地说，刚刚成人的姑娘家，成群结队跑到深山老林去抡大锤、和泥浆、爬高塔、抬钻杆，对地质系统之外的人来说，新鲜，简直不可思议；对在地质大院生活的人来说，有几分新鲜，却不必大惊小怪。毕竟，长期住在这样的环境中，对于女人也要与男人一样出野外这样的事情，大家并不会感到奇怪。不过，丫头们虽然早就听过"地质""钻塔""打钻"这些词语，但既没亲眼见过，也没亲身经历过。因此，钻探那些事在她们脑海里，就像"飞机大炮"一样，只是一些没有见过的抽象概念而已。

组建"女子三八机场"的程序、步骤与组建"青年号"并无区别，只是人员都是十八九岁的大姑娘。用老机长王国芬的话来说："1976年组建的'女子三八机场'是106队历史上的第一批，也是最后一批。"

王国芬清晰地记得，那时106大队部在红格镇，上班在红格矿区。

红格地处北纬26°的攀西高原，紧邻云南，北望成都，年平均气温二十点五摄氏度。106队所在矿区属中高山区，北高南低，最高标高两千三百七十米，是攀西三大钒钛磁铁矿基地之一。

早在1971年，四川石油管理局就已组建了女子钻井队，她们在极其艰苦的环境中，以顽强的意志，克服重重困难，保质保量完成钻探任务，她们的故事在地质部门也享有很高声誉。在"争创先进、赶超先进"的70年代，地质队的姑娘们也想有朝一日到野外一线有一番作为。

英国著名哲学家穆勒说："青春的朝气和前进不已的好奇心若消失，人生就没有意义了。"钻井队选人那天，地质大院红旗飞扬，锣鼓喧天。大队部的操场上人声鼎沸，站着几百号人：返城知青、初中毕业生、高中毕业生，他们同在一个新的青春起点上，摩拳擦掌，跃跃欲试，等待人生新的挑战和考验。

钻探在地质队是繁重体力劳动。在机场工作的人，既要能吃苦、有胆识，还得有足够的力气。按这个条件，人事科挑了三十多个高个子姑娘去矿区。为了确保安全生产，她们十分不舍地剪掉了齐腰长的大辫子，整齐划一地扎起了短短的马尾辫，穿上了宽宽大大的工作服和登山鞋，英气十足。出野外之前，大家伙儿像出征的军人一样，参加了野营拉练。

一大拨人就这样怀揣青春的激情和梦想，唱着《勘探队员之歌》，浩浩荡荡进山，成了新的勘探者。他们让原本寂静的山野奏响了豪迈嘹亮的钻探交响曲。

然而，没过几天，眼前突兀的森林、草坡、幽洞、险峰、峡谷，让姑娘们瞠目结舌。大家面面相觑，不知所措，地质工作的艰苦程度完全超出了她们的想象。这会儿她们才知道，什么是高山，什么是钻机。她们迷茫地问："难道我们要一直在这荒无人烟的地方工作吗？""我们何时才能走出大山啊？"

有女钻工回忆说："笨重的苏式600型钻机，每当打到六百多米孔深时，都对我们心理、体能、意志、耐力产生了严峻的考验和挑战。"用油毛毡搭的棚子，四面透风又透光。这样的环境本就住不安稳，还得三班倒上机台工作，太出乎意料了。有丫头咬着粉嫩的樱唇，当场就哭了。

虽然地质大院的平房低矮、昏暗，却总比这冬天不保暖、夏天又闷热的油毛毡棚子要强啊！下放过的姑娘在农村锻炼过一段时间，但也感到地质工作比干农活还苦。

夜里闭上眼睛对山说"晚安"，清晨睁眼起床还是对着山说"早安"，枯燥、寂寞的日子，让姑娘们的心七上八下，坐卧不安。女孩娇柔、稚嫩、纯真的天性渐渐被荒蛮、苍茫、粗犷的环境所磨灭。她们不禁对自己最初的抉择感到懊恼、后悔；有的甚至抱怨，来之前父母没跟她们讲清楚野外的实际情况。丫头们开始写信，把沾着泪水和委屈的信笺寄给爸妈。她们着实想回家，却陷入了进退两难的境地。

看见姑娘们成天愁眉苦脸，分队领导蹙起了眉头：这还没开钻呢，娃娃们就开始思想波动，钻探队岂不成了一盘散沙？这可怎么办？

那就不着急开钻！先给娃娃们讲讲地质队的队史，讲讲地质事业的发展史，讲讲攀枝花的三线建设，从思想根源上慰藉、鼓励她们。

的确，人在困顿之时，需要来自外界力量的援助与关心，尤其是刚刚步入社会、没有生活经验和阅历的年轻人。分队领导耐心细致的体贴和开导，使她们渐渐安静下来。在随后的日子里，她们不断感受到地质工作"苦中有乐"，想办法"苦中作乐"。

实际上，女孩子家娇气一点、任性一点，是正常现象，毕竟她们思想单纯。在家时，她们被父母宠着，天大的事有父母撑着；如今来到野外，一切得重新开始，完全靠自己。常言道，既来之，则安之。她们有时也会反思，能顺利地在地质队拥有一份稳定工作，来之不易。不甘示弱的性格，让她们擦干了眼泪，调整了心情。她们渐渐明白，无论在怎样的起点上，都是为了让人生更辉煌。

20世纪70年代，是一个"讲理想、比奉献，讲责任、重担当"的时代，人们的集体意识、团体观念比较强。

没有男钻工力气大，我就练；一个人扛不起钻杆，我们就两个人扛。姑娘们收起了娇气，只要队部一号召一倡议，大家都如男钻工一样积极响应，认真去干。

那些年，还没有双休日之说，每周只休息一天。元旦、五一、端午、中秋、国庆都不放假，大家也没有怨言。分队部经常举办劳动竞赛，形成了"比学赶帮超"的良好氛围。平时

"女子三八机场"施工的钻孔一般为三四千米深。有一年，她们完成了七千六百八十米，这打得最深的一个孔，甚至在四川局都打出了名气。打这个孔用的是老式千米钻、五十四根四合一钻杆，过程非常辛苦，泥浆溅得大家满身都是，但姑娘们依然异常兴奋，真切地感到自己为国家做了最大贡献。

我采访了不少省市的女钻工，几乎每一个机台的工作区域离住的地方均有几公里，步行时都得路过一片荒无人烟的树林，随时可能遭遇豺狼、黑熊、毒蛇、黄蜂等猛兽毒虫的袭击。而且，山里的天气总是变化多端，上午还是几片白云缀蓝天，下午就可能"黑云压城城欲摧"。因此，无论是结伴还是独行，大家都得具备户外自救的技能，包里备上十滴水、清凉油、蛇药、手电筒，带上军用水壶，手上拿一根棍子，以防不测。

六七月是红格的雨季。这天开钻不久，狂风约着暴雨，毫不客气地一会儿在驻地，一会儿到机场狂轰滥炸。狂风还霸道地把屋顶给掀了，钻塔的帐篷也在空中乱舞。大大小小的泥沙、被风化的石头从山上滚落下来，姑娘们赶紧找避雨的地方。刚走出钻机，她们忽然想到《钻孔施工记录表》还在机场，马上又折身返回。

《钻孔施工记录表》是指钻机在钻进过程中，对现场施工情况、施工质量、进尺、岩心情况等做的记录。

姑娘们从雨水中找到了《钻孔施工记录表》，望着一部分被泥浆和雨水浸透的表格，她们的眼睛里也流下了伤心的"雨"。

三

有作者这样描述三线建设时期的攀枝花："拉屎不成蛆。""七户人家一棵树。""三个石头架个锅，帐篷搭在山窝窝。""白天杠杠压，晚上压杠杠。"

就是在攀枝花这样一个不毛之地，106队"女子三八钻"也和男同志一样，每天满身油渍和泥浆，不畏严寒酷暑，为攀枝花市成为"钒钛之都"奉献了热血和青春。

我在成都采访时，"李四光地质科学奖"获得者、攀枝花市荣誉市民、原106队总工程师、八十多岁的刘玉书老先生特意写了一个提纲。临别时，老先生把他的笔记本送给我。他激动地说："女钻工的故事非同一般，希望我的讲述对你写作有帮助。"

刘玉书是一位温文尔雅的地质专家，毕业于成都地质学院。1964年5月，中央做出加强三线建设的部署和建设攀枝花钢铁基地、修建成昆铁路的决定，同年9月，刘玉书来到攀枝花白马铁矿，这一干就是三十多年。

在攀枝花做地质勘探工作时，刘玉书吃过夹生饭，住过关猪牛羊的臭烘烘的茅草屋。老人腼腆地说，他胆子小，遇到野猪和毒蛇，不敢来蛮的，只能装死。

刘玉书不好意思地说："我遇到这些险情都吓得够呛，更别说胆小的女钻工了。"钻探讲究技巧和经验，样样都要凭力气。他说："当年这些丫头真好管，不娇气。那会儿物价虽然不高，但人们工资也不高，每周能吃上一顿三毛钱的回锅肉，洗一次澡，看一场露天电影是三八机场的'三大好事'。看完电影后，该上夜班的姑娘还得照常走在黑魆魆的路上，去机场上夜班。尽管这样，这'三大好事'也足以让她们开心好多天。"

70年代通信工具不发达，最常用的联络方式是书信和电报。住在矿区的人不能及时了解"外面的世界"，一般都是分队领导召集大家开会的时候，会带来一份报纸给大家宣读。

那会儿还是"摇把子电话机"，隔了好几里地才可能有一个公用电话机。钻工们隔几个月能打个电话给家人，打电话是十分奢侈的事情。电视机也没普及，就是有电视机，矿区信号差，经常是"满屏的雪花点"。弄个半导体收音机，也只能收到一两个台。每天打钻挺累，也没有娱乐活动放松筋骨，大家伙儿回到驻地倒头就睡，有的实在太累了，直接躺在钻杆上休息，或者把几个空岩心箱倒扣在地上，搭成临时床铺眯一会儿。

红格矿区平均海拔超过两千米。在高海拔地区施工，生活多有不便，缺水缺电，唯独不缺的就是土地。

当年，大米和蔬菜由大队部总务后勤统一分配，但是分配的粮食和菜都十分有限，根本就不够干重体力活的钻工们吃。

有一天，望着一大片坑坑洼洼的荒地，不知是谁唱起了《兄妹开荒》："雄鸡雄鸡高呀么高声叫，叫得太阳红又红。身强力壮的小伙子，要在那大生产中打呀先锋，扛起镢头上呀上山岗……"歌声一起，众人应和，即刻又脑洞大开：对呀！咱们可以因地制宜，开荒种地啊！说干就干！

长时间在机场，大家的手都磨出了水泡，长出了老茧。一说到要开荒种地，能种出绿油油、赏心悦目的蔬菜，他们忘记了疲劳。于是乎，男男女女上班抡铁锤、抬钻杆；下班就举着锄头、铁锹、镐头，一场别具一格的自给自足的"大生产运动"，就这样在海拔两千七百米的矿区开始了。

实际上，"女子三八钻"这些丫头来野外之前并没有种过地。有部分姑娘的母亲是随队家属，她们只见过自己的母亲在菜园里锄地、薅草，觉得挺有趣。这回轮到她们自己动手，感受就大不一样了。

矿区崎岖不平，到处都是碎石头，光平整场地就弄了好几天。她们用小推车把杂草和碎石运到一旁，将土地分成好几畦，再松土、播种、施肥、浇水，一切准备就绪。

种菜最需要水。遇上雨天还好，有天上来水。一旦天晴，她们还得挑着水桶到远处的河沟取水，还要除害虫。过去姑娘们看见毛毛虫就吓得哇哇大叫，如今会很淡定地从菜叶上把虫子拈起来扔掉。

70年代的姑娘不懂得防晒、防干裂，皮肤要滋润保湿。她们就是备了雅霜、百雀羚、蚌壳油、甘油，也没时间抹。这些在野外历练得很坚强的丫头，先前粉嫩嫩的脸颊，被强烈的紫外线晒得黝黑发亮。她们却整天乐呵呵，一边干活，一边高声唱："二月里来呀好春光，家家户户种田忙……种瓜的得瓜呀，种豆的得豆，谁种下的仇恨，他自己遭殃……"

钻机轰鸣声大，几乎听不到山雀的鸣叫。自从有了菜地，鸟儿、蜜蜂、蝶儿便呼朋引伴来了。缭绕的晨雾飘浮在那一片菜园上空，袅袅娜娜，虚虚实实，简直就是一幅美丽的田园牧歌画。大家不禁感叹：这是大自然给予特别能吃苦、特别能战斗的钻工们的馈赠啊！

打那以后，食堂再也不是"上顿白菜土豆，下顿还是白菜土豆"了，大白菜、茄子、辣椒、南瓜、西红柿、冬瓜、玉米、萝卜、豆角、芹菜、韭菜、菠菜等时令果蔬，应有尽有。它们填充了钻工们的胃囊，丰富了钻工们单调的日子。矿区菜园，也成了钻工们诗意的精神乐园。

炊事班养的那几头猪也有足够的"口粮"了，大家伙儿吃不完的菜，全部运往猪场。

红格矿区会战持续了两年，开荒种地的"大生产运动"也持续了两年。

四

以往，机台上全是清一色的男钻工，他们常年在野外一线，很少回大队部，与外界联系也少，几乎接触不到未婚的女性。

"女子三八机场"组建之后，小伙子们终于能看见几十个如花似玉的姑娘了，心情大好。他们的屋子比过去干净了，也不再胡子拉碴，更帅气、更精神了，干起活来也比过去更带劲了。

不过，地质工作环境具有特殊性，有些青年心智还不成熟，为避免产生一些纠纷和矛盾，当时各地质队都有规定，学徒期的工人不能谈恋爱。血气方刚的小伙子们和情窦初开的姑娘们，只能把爱恋埋藏在心中。只有一名女钻工例外，那就是杨珍英。

钻工之间年龄差距比较大，年龄小的才十六岁；从农村招上来的年龄则偏大，有的都二十七八岁了，杨珍英就是其中之一。她来机场之前，已经有了对象，男友在部队当兵。两人谈了一段时间之后准备结婚，杨珍英向组织打报告申请结婚，因为是军婚，得到了批准。

**机班长与探矿工程师查看岩心**

然而，机场的住宿条件实在太简陋了，没有套房，没有单独的厨房，没有独立卫生间。总不能在用油毛毡搭的女生宿舍里，用布帘子隔成一间"新房"给这对新人住吧？幸好，还有一两间用土墙垒起的房间。分队领导动员其中一间宿舍的丫头们搬到其他宿舍，腾出这间带土墙的房子，留给杨珍英作婚房。淳朴的姑娘们也十分体贴杨珍英，二话不说便腾出了房间。

　　杨珍英和丈夫成婚那天，分队部给他们举办了简朴又热烈的婚宴。所谓婚宴，也就是在分队食堂烧一大盆红烧肉，男钻工下河钓几条鱼，再炒上几个钻工们自己种的青菜，摆上几桌。

　　当年人们工资低，给新郎新娘送上五元、十元，就是重礼，不像现在一出手就得几百块甚至上千块；要么送上一对热水瓶、一对双喜脸盆、一床被单、一套茶具或餐具，都是对新人的真诚祝福。

　　一年之后，杨珍英生下一个聪明漂亮的男娃娃。

　　杨珍英儿子的出生，给大家带来了诸多乐趣，机场从此充满了活力，也让姑娘们母性大发。只要一下班，大家伙儿就去抱孩子，把孩子当成一个大玩具，孩子被逗得咯咯笑，她们也笑成一团。本来杨珍英还发愁孩子没人帮着带，结果姐妹们今天你抱抱，明天她抱抱，为杨珍英解了燃眉之急。孩子的童年得到了"张妈妈""李妈妈""陈妈妈""赵妈妈"等诸多妈妈的关爱，他跟这些"未婚妈妈"也很亲。

会战时，106队分了几个矿区，"女子三八机场"在北矿区。北矿区在一个半山腰上，住着一家彝族老乡。老乡家门口有一块平地，给姑娘们搭了几个简易的房间。

女钻工们回忆说，那房间真叫简易啊！用篾席当隔板，还没隔到顶，上半部分全是通的，在第一间房间里放屁，最后一间都能听见。

当年人们的生活普遍比较清苦，社会治安不稳定，少数民族地区情况就更为复杂，出现了小偷小摸的现象。

矿区气温高，晚上睡觉，天热，又没有电风扇，大家就没关窗户。睡前，姑娘们习惯把脱下来的衣服放在离窗口较近的椅子靠背上。那个年代，生活俭朴，女人都没有背坤包的习惯，钥匙、钱包一般都是放在外套口袋里，结果被贼盯上了。

这天，没有月光，四周静悄悄的，夜色填满了整个驻地，一个鬼鬼祟祟的身影蹑手蹑脚地靠近女钻工宿舍。只见他把一根缠着钩子的木棍，从窗户外伸进屋里。那会儿，姑娘们还没睡着，被这突如其来的一幕给吓蒙了，躲在蚊帐里大气都不敢出。直到小偷把椅背上的衣服钩起来，有人才用颤抖的声音叫喊："抓小偷啊！抓小偷啊！"夜深人静时突然传来呼叫声，吵醒了已经入睡的男钻工。他们立刻穿上衣服，打开门去追。然而，小偷熟悉地形，奔跑的速度又快，刹那间就没了踪影。

这有惊无险的一幕让大家提高了警惕。窃贼是初犯还是惯犯？宿舍外原本是有路灯的啊！那几天怎么不见灯亮？一连串的问题摆在面前。当时没有摄像头，找到窃贼的难度较大。

"绝不能让丫头们白天受累，夜里还住得不安全！我们一方面要抓生产、抓质量，另一方面务必做好职工的安保工作！"为避免偷盗事件再次发生，分队部立马派人查找原因。走到一片苞谷地才发现，电线被人剪断了，一头缠在了苞谷秆上，难怪路灯不亮了。为了不让小偷再有机可乘，指导员赵启明去维修线路。然而，由于事先没和发电机组联系好，接线时没关总闸，赵启明不幸殉职。那年，守候在106地质大院的妻子，还有嗷嗷待哺的孩子，日日夜夜都在盼着赵启明回家。

保卫科在"女子三八钻"开展军事训练

五

翻阅106队50周年队庆时编撰的队史，一行行数据，一项项地质成果汇成了106队的荣光。

毛主席说："地质工作搞不好，一马挡路，万马不能前行。"地质工作的重要性在攀枝花三线建设中，真真切切得到了充分体现。

我去了米易，一个被太阳迷恋的地方，到了106地质队的老基地。低矮的平房，水井，沙子路……这些极简的元素构成了最早地质大院的雏形。这里还住着少数退休职工，他们历经风霜，有些事情已经从他们的记忆中出逃，有些事却记得很清楚，比如记得当年的女子钻，还能叫出她们的姓名。

"女子三八钻"已过去四十多年，能被人记住是幸福的。

野外钻探，是年轻的钻工们收获的人生"第一桶金"。若不是打钻，在那些女钻工青春的记忆里，可能就少了一段非同寻常的经历，就少了与地质工作相关的艰辛与荣光。

# 后记

20世纪六七十年代，交通工具不发达，信息传播慢，还没有电视机，更没有互联网，没有电脑，没有手机，人们只能通过书本、报刊和收音机了解外面的世界。

小学二年级，我不足十岁，识字不多，见爸妈和哥哥轮流在看《林海雪原》，我感到好奇，这本书勾起了我阅读的欲望。等他们读完，我也捧起了这本书。书里有很多字不认识，大部分内容也看不明白。我先是半读半蒙，连估带猜，然后哥哥教我查字典。那会儿，电影院和广播中循环播放京剧《智取威虎山》，我便将剧中一些情节和书里的情节，懵懵懂懂地进行着对比，有些内容懂了，还有不少内容没对比出个所以然来。这样的对比，不过是幼年时的小童趣，生发出许多稚气可笑的联想。

追溯至此,《林海雪原》当是我爱上文学作品的起源。

三年级,开始学写作文,我妈对我说:"学习写日记吧,对你写作文有帮助。"母亲简单的话,让我坚持练笔几十年,直至今日始终不渝,且笔耕不辍。

上中学之后,我遇上了梁晓声的《今夜有暴风雪》,随后把他的《这是一片神奇的土地》《雪城》《鸽哨》《边境村纪实》《白桦林作证》《为了收获》等作品均找来读。

梁晓声的小说多角度解读人性,将青年的理想主义、英雄主义和青春的迷茫与困惑交织在一起,气势恢宏而悲壮。读梁晓声的作品,我仿佛到达了辽阔的黑土地,在北大荒漂流,令我对东北产生了无法名状的情愫。更让正处在青春期的我,在梁晓声的文字中找到了情绪的释放口,这些文字给予我很多慰藉,使我迷上了写作。

还不够,我又把肖复兴、叶辛、张抗抗、韩少功等作家写的知青题材的小说都找来读,一边读,一边用下画线"画重点",在本子上摘抄书中精彩的段落和金句。

从小镇到小城,家里丢了一些旧物,也处理了一些旧书,那几十本摘抄本却被我视为珍宝,从青年到中年,我一直保存着。

阅读、摘抄、写作,成了我人生中的三大癖好,并深陷其中，乐此不疲。

在地质队工作，接触到许许多多可敬可爱的地质人，我学会了欣赏、包容和倾听。写作，又使我在被其他人忽视的细节中，发现真善美。

大江大河、荒漠野岭等无人区，是地质工作的主要工作场地，可能会遭遇无法预料的困难和险境。在这种情况下，需要有精神支撑。雄丽多姿的高山大河不仅给予地质人坚毅刚强的品格，还培养了他们风趣乐观的性格。

我采访过的地质人，他们告诉我，勘查区独特的地质构造环境生成了形态各异的岩石，嵯峨奇峻、千姿百态，构成了栩栩如生的形象景观，如塔、如笋、如人、如兽……每一处都有新的意境。在这样的环境中漫步，像是在读书，又像是在欣赏美丽的画卷。这些都是土地、大自然馈赠给地质人的特殊礼物。

往往在生活平静、感觉幸福的时候，人写作的欲望不会那么强烈，或者只记录些轻松愉快的事。而在恶劣的环境中，人们会产生各种错综复杂的情绪。通过文字记录下来的地质工作，不仅仅是生活经验教训的总结，也是对不良情绪的一种宣泄。这个时候，文学像种子或火焰，会爆发出一种力量。

地质工作的特殊体验，使我的文字作品有了深度、广度和高度。

女地质队员，是地质史中出现的特殊群体，她们在不同的历史阶段，为地质事业奉献了青春、热血乃至生命。

酝酿这本《女地质队员》，是两年前的事。那会儿，央视正热播梁晓声的《人世间》，我的几位作家朋友感慨地对我说："梁晓声写了很多知青小说，你今天要开始写地质队的知青故事了。"

朋友的说法，让我感到既惭愧，又荣幸。梁晓声是国内著名作家，先生作品的高度，实在难以企及。不过，《女地质队员》中所写的人物，确实有很多知青，与梁晓声知青小说中的人物均处在同一时代。梁晓声对我的写作影响深远，冥冥之中这似乎也注定了我要为地质队的知青留下笔墨。

在写作界，不少作家把文章和作品比喻成自己的孩子。

《女地质队员》涉及人物三十多个，写作历时两年，"孕期"比较长。写作过程中，我听到了许多反对的声音，但也得到了不少朋友的支持和鼓励。可以说，这是我写作生涯中难度最大的一次。希望我早日把这个"孩子"生下来。

我的同事大姐蔡敏霞说："女地质队员的故事，既不是热门话题，也不是明星之事。你作为地质二代，去追叙将要被岁月掩埋的故事，这是因为你从骨子里就深切地热爱着地质事业，那是真情流露。"

是的，徘徊和彷徨中，我对地质事业的真情又转化成了一股力量。这股力量，让我没有因为"难"而放弃。因为我清醒地认识到，从辩证法的角度来讲，难度最大的挑战，往往也蕴藏着让自己收获更多的机遇。

好姐妹刘文说，《女地质队员》这个"孩子"的出生，既衔接了我职业生涯的尾声，又是我面向未来新生活的开始。两年，我终于完成了这件极为艰辛又非常有意义的大事。

地质行业有句话，没有出过野外的人，不能算真正的地质队员。我欣慰而自豪，自己不仅是真正的地质队员，还是女地质队员故事的倾听者和记录者。

每一次写作，都是一次提升、一次历练，填补了我诸多认知的空白。同样，《女地质队员》让我有了新收获，为我破解了一些疑问。

《勘探队员之歌》，最早刊于1953年12月22日第4版的《中国青年报》。1965年，《勘探队员之歌》作为电影《年青的一代》的主题歌传唱大江南北。《勘探队员之歌》既是中国地质大学的校歌，也是全国地勘行业的"队歌"。我在采访中了解到，在地质队，《勘探队员之歌》不仅人人爱唱，许多地质队还自编自创了一些气势豪迈、鼓舞斗志的新歌。通过采访，我知晓了一些老钻工的手指为什么有残疾，原来是遭遇了安全事故，比如在起钻时，被机器轧断了手指。我还了解到，在煤矿行业，为什么女人不下井等等。

此次写作，涉及面较广，涉及人物较多，得到了各方的大力支持和帮助。以下是我在创作过程中惊动、打扰的诸多组织、单位，以及文朋诗友，在此特致鸣谢：

一、组织及单位

中国自然资源作家协会；

中国地质大学（北京）；

中国地质作家协会；

中国矿业报社；

江西省文联；

江西省作家协会；

江西省地质局；

江西省地质局第四地质大队；

江西省地质局第五地质大队；

江西省地质局第七地质大队；

黑龙江省地矿局；

吉林省地矿局；

四川省地质局；

安徽省地矿局；

安徽省地矿局 327 地质队；

云南省地矿局；

山西省《黄河》杂志社；

江西省新余市委宣传部；

江西省新余市文联；

江西省新余市作家协会。

二、文朋诗友：

中国自然资源作家协会主席陈国栋先生提供采访线索；

帐篷诗人、原中国楹联学会秘书长、原中国国土资源作协主席常江先生对本书进行了提示和指点；

中国自然资源作协副主席胡红拴先生给予了关心帮助；

中国自然资源作协副主席周伟苠先生给予了关心帮助；

中国自然资源作协副主席、中国地质作协主席赵腊平先生给予了关心帮助；

中国自然资源作协副主席、原中国地质大学（北京）党委书记马俊杰先生给予了关心帮助；

中国地质大学（北京）自然文化研究院常务副院长刘晓鸿女士给予了关心帮助；

作家（诗人）朋友刘能英女士、贾志红女士、秦锦丽女士、叶浅韵女士、陈蕙卿女生、李顺球女士、汪洋先生、赵光华先生、黄风先生、李德重先生给予了关心支持；

北京老科协包永东先生提供了采访线索；

江西省地质局周志兴先生提供采了访线索；

江西省地质局肖秋云女士、张希女士提供了采访线索；

江西省地质局第七地质大队陈武先生、朱祥培先生、余南萍女士、胡国庆先生、曾淑君女士、王林坡先生提供了采访线索，并提供了热情服务；

江西省地质局第四地质大队周伟先生、李文胜先生、邹博先生、李志强先生、方义先生等提供了热情服务；

江西省地质局第五地质大队万义有先生、皮泉坤先生给予了关心支持；

吉林省地矿局金文革先生提供了采访线索；

黑龙江省地矿局刘宏先生提供了采访线索；

四川矿产机电技师学院熊燕女士提供了热情服务；

四川省地质局106地质队杨海波先生提供了热情服务；

安徽省地矿局曾玉兰女士提供了采访线索；

安徽省地矿局327队周英女士提供了热情服务；

江西省地质局第五地质大队蔡敏霞女士、江西省地质局第三地质大队刘文女士、江西省地质局第十地质大队吴淑燕女士为我看稿，提出了宝贵意见。

完稿，是作者对作品的一次告别。

收笔，有几分不安，毕竟能力有限，文中难免出现词不达意或表述不清等问题。这像是在为自己开脱，又不完全是。就如一个新生婴儿，他不一定漂亮，我却爱他。

我很喜欢《临江仙》中的这句话："担当生前事，何惧身后评。"我不能怕读者提意见，先认真把文章写好才是最重要的。

《女地质队员》优劣与否，交给读者评论，我均恭逊接受。

收笔，有诸多不舍，毕竟《女地质队员》陪伴我两年。

至此，我又想起我在中国地质大学（北京）给大学生上的一堂课。有同学坦言，他们不喜欢地质工作。对此，我十分理解。三十多年前，我也不想留在地质队，一心只想到一个陌生的环境，摆脱父母的约束和管制，去实现自己的梦想。

如果那年我如愿离开了地质队，大概就没有我的《女地质队员》。

百感交集，都存在心中。

李曼

2024年6月12日广州